KB216249

음악 수업

Cet ouvrage, publié dans le cadre du Programme d'aide à la
Publication Sejong, a bénéficié du soutien de l'Institut français
de Corée du Sud - Service culturel de l'Ambassade de France en
République de Corée.
이 책은 주한프랑스대사관 문화과의 세종 출판 번역 지원 프로그램의
도움을 받아 출간되었습니다.

AMBASSADE
DE FRANCE
EN RÉPUBLIQUE
DE CORÉE
Liberté
Égalité
Fraternité

주한
프랑스
대사관

문화과

파스칼 키냐르 지음

송의경 옮김

음악 수업

안

차례

일러두기
주석은 모두 옮긴이의 것이며, 본문 하단에 각주로 표기했다.

마랭 마레[1]의 생애에서
가져온 일화

1 Marin Marais(1656~1728). 프랑스의 작곡가이자 비올라 다 감바
   연주자. 키냐르의 소설 《세상의 모든 아침》에도 주요 인물로 등장
   한다.

내 시선 아래로 보이는, 무아지경에 빠진 듯한 넓적하고 번들거리며 노리끼리한 얼굴이 마치 녹아서 주변 공간으로 번지는 것만 같다. 마랭 마레는 앞에 놓인 비올라 다 감바[2]의 지관支管을 왼손으로 자랑스럽게 잡고 있다. 나는 이제 남성의 변성 문제를 다뤄보려고 한다. 어린 소년의 경우 발성하는 목소리에 음색 변화가 일어난다. 이 시기가 되면 성기도 커져서 늘어진다. 음모도 자라난다. 걸걸한 저음의 목소리는 소년이 사내아이에서 어엿한 남자로 성장했음을 드러낸다. 남자란 목소리가 암울해진 자, 즉 탁한 목소리를 지닌 자이다. 자신의 성대에서 사라진 가녀린 고음의 목소리를 찾아 죽을 때까지 헤매는 자이다. 문득 17세기 말엽 유년기

2 첼로의 전신으로 16~17세기 바로크 원전 악기. '베이스 비올' 혹은 '비올'이라고도 한다.

끝에 접어든 어느 음악가의 삶의 단편이 내 기억에 떠올랐다.

*

숲 언저리의 늪기슭에는 사람이 말을 하듯이 입을 벌리고 개굴개굴 울어대는 청개구리들이 있다. 포유동물 가운데 수컷인 인간 남성의 경우에는 성징性徵의 변화가 목소리로 드러난다. 이 시기에 개구리들은 쾌락을 위해 울음소리로 서로를 소리쳐 부른다. 그러고 나서 앞다리로 서로를 껴안는다. 생식기의 부름은 유성有聲이다. 성性이 발현된 목소리는 갑자기 저음으로 변한다.

*

인간 남성의 목소리에는 유년기와 분리되는 칸막이가 있다. 언어의 거대한 물결에 휩쓸리기 전에 저음의 목소리가 그에게서 소프라노 목소리를 영원히 사라지게 한다. 낮아진 무언가가 유년기에 최초로 입에 올리던 말들을 되뇌는 단순한 힘을 영원히 사라지게 한다. 굵

직하고 낮게 가라앉은 뭔가가 그를 여성과 구별되게 한다. 혀에서, 양쪽 귀에서, 목구멍에서, 입천장에서, 치아들 아래에서 갑자기 낮게 가라앉은 무엇이 최초의 빛에 노출된 순간 영향을 미친 것들이 고스란히 새겨진 지울 수 없는 흔적을 떼어놓는다.

*

풀이 무성하고 진흙에 묻힌 늪기슭에서 수컷 개구리가 암컷을 유인하는 것은 격렬한 울음소리가 아니다. 갑자기 저음으로 변한 울음소리에 청각이 매료된 암컷이 이끌리고 사로잡히기 때문이다. 이 울음소리가 개굴거리는 수컷의 몸으로 암컷을 끌어당기는 이유는 그것이 개굴거리는 몸뚱이 어떤 부위의 성숙을 알려주기 때문이다. 이 부위는 묵직하고 칙칙해지고 부풀어서 아래로 축 처진다. 암컷이 매료되는 이유는, 생식기를 보아서라기보다는 울음소리에서 감지되는 일말의 변화를 느꼈기 때문이다. 암컷은 바로 이 소리를 욕망한다. 이 소리의 비밀을 더욱더 욕망한다. 음성의 변화를 규정짓는 그 뭔가는 늘 두 겹인, 늘 중복되는, 수

치심에 잊으려고 애쓰지만 줄곧 모호한 상칭相稱으로
몸에 나타나는 것이다. 상칭이라기보다는 후두와 성기
사이에 이미 부부처럼 결합된 무엇이다. 사춘기 소년
의 경우에 후두와 성기의 이중 하강과 이중 성숙이 동
시에 일어난다. 후두에는 리드 악기와 흡사한 뭔가가
있다. 날숨의 압력에는 노랫소리와 비슷한 뭔가가 있
다. 성문 괄약근이라 부르는 것에는 유년기의 고음으
로 콧노래를 부를 때의 꼭 다문 입술, 혹은 어린 여자
아이나 극도로 수줍어하는 여성의 음순과 흡사한 뭔
가가 있다.

*

개구리의 교미는 3주(조루일 경우)에서 4주간 지속된
다. 샨도르 페렌치[3]는 개구리가 이런 방식으로, 어머니
의 배설강排泄腔으로 부단히 퇴행하는 꿈을 연장한다
고 말했다. 그리고 생물체 피라미드에서 개구리를 인
간보다 훨씬 상위에 놓아야 하며, 욕망의 경우에 한 달

3 헝가리의 정신의학자. 프로이트의 친구이다.

이나 지속되는 경련으로 우리를 놀라게 하는 이 작은 유인원을 여신처럼 숭배해야 한다고 덧붙였다.

*

나는 계획된 체계로 지지되고 보장받는 훈련된 사고 思考보다는 당혹감과 공교로운 이미지와 단락短絡에서 멈추고자 한다. 이 글을 읽는 독자는 내 말이 진실이 아닐 수 있으며, 말이나 사고의 욕구가 그 주체에게 완전히 복종하지 않을 수 있다는 점을 끊임없이 염두에 두기를 바란다. 나는 지금 말하기 약간 껄끄러운 고백을 하고 있다. 그렇지만 전혀 이상한 말은 아니다. 우리가 말하는 바의 진실은 말로써 얻으려는 설득에 비하면 하찮은 것이다. 설득 자체도 별 게 아닌데, 설득으로 얻으려는 오래된 쾌락이 가득한 반복에 견준다면 더욱 아무것도 아니다. 쾌락은 변성보다 훨씬 오래된 것이다. 변성으로 영향을 받거나, 혹은 모양새가 변모되는 말〔言〕 자체보다 오래된 것이다. 게다가 말은 모양새를 기억하지 못하므로 변모된 사실을 결코 포착하지 못한다. 절대 수긍하지 못한다.

제1부

그는 왕립 실내악단의 시동侍童이었다. 아이의 이름은
마랭 마레. 1656년 5월 31일에 태어났다. 아버지는 제
화공이었다. 그 아이는 노래를 불렀다. 생제르맹록세
루아⁴ 성가대 소속으로, 그곳에는 들라랑드⁵라는 동료
이자 친구가 있었다. 그보다 한 살 아래였다. 당시에는
소위 성가대 소년이라 불렸다. 1672년 마랭 마레는 변
성을 이유로 생제르맹록세루아 성가대에서 쫓겨났다.
그리고 당대의 유일한 비올라 다 감바의 비르투오조⁶
인 생트콜롱브⁷의 제자가 되었다. 그에게는 '인간 목소
리의 가장 아름다운 매력'을 모방하려는 야심이 있었

4 파리에 있는 고딕 양식의 천주교 성당.
5 프랑스의 작곡가이자 루이 14세를 위한 오르가니스트.
6 virtuoso. 예술적 기술(테크닉)이 뛰어난 사람을 일컫는 말.
7 Sainte-Colombe(1640경~1700경) 프랑스의 작곡가, 비올라 다 감바
  연주자.《세상의 모든 아침》에서 마랭 마레의 스승으로 등장한다.

다. 1740년 르 블랑[8]은 생트콜롱브에 관해 이렇게 단언했다. "오직 그만이 베이스 비올의 테크닉에서 그러한 숙련도에 도달했으므로 다소 나이 든 남성이 말할 때의 목소리에 담긴 가장 아름다운 변성을 흉내 낼 수 있었을 것이다."

*

이 사실은 다르게 표현될 수도 있다. 마랭 마레는 변성이 일어난 다음 날, 인간 목소리의 탁월한 기량에 도달하려는 희망이 돌연 사라져버린 데다, 같은 이유로 생제르맹록세루아에서의 수련마저 거부당했으므로, 변성 후 인간의 목소리, 즉 저음의 목소리, 남성의 목소리, 성징이 발현된 목소리, 최초의 땅에서 추방된 목소리를 모방할 수 있는 거장의 기량에 도달하고자 모색했을 것이다. 그는 수십 년간 하루에 몇 시간씩, 삶이 막바지에 이르러 침묵의 위기가 닥쳐올 때까지 베이스 비올로 인간의 낮은 목소리를 모방하는 데 매진했

---

8 Hubert Le Blanc. 18세기 프랑스의 비올 연주자이며 법학박사이고 수도원장.

다. 상반신을 악기 위로 기울인 채 손으로 프렛[9]을 더듬으면서, 이 남자는 목소리의 병증病症을 길들이려고, 남성 목소리의 이 증상을 치료하려고 애썼다. 유년기 목소리의 해변—언어가 아닌 목소리의 모래사장—을 집어삼키며 자신을 휩쓸어가는 물결에 맞서 되도록 가장 위대한 비르투오조의 기량으로 겨루고자 노력한다—유년기와 분리되는—변성을 길들이려고, 그렇게 함으로써 변성의 결과를 길들이려고, 그리하여 낮게 가라앉은 목소리에서 지속적으로 진행되는 유년기의 결정적인, 뚜렷한, 구음口音의, 후두음의 철수를 길들이고자 한다.

*

에브라르 티통 뒤 티예[10]의 기록이다. "대개 그렇듯이

---

9 보강용 금속 테.
10 Évrard Titon du Tillet(1677~1762). 부르고뉴 공작 부인관 집사이고 지방 전쟁위원이며 프랑스의 저술가. 루이 14세 치하의 유명한 시인과 음악가들의 짧은 일화들로 구성된 연대기《프랑스의 고답파》의 저자.《세상의 모든 아침》에 나오는 생트콜롱브와 마랭 마레의 이야기도 이 연대기에서 가져와 발전시킨 것이다.

그는 사춘기에 이르러 목소리를 잃었다." 그는 생제르맹록세루아를 떠난다. 센강의 둑길을 따라 걷는다. 여름 끝자락의 찬란한 빛. 그는 구둣방으로 돌아온다. 더 웅숭깊고 더 장중한 망치질이 그를 소리쳐 부른다. 그의 첫 번째 스승이다. 요제프 하이든의 스승도 수레를 만드는 목수의 망치질 소리였다. 두 번째 스승은 비올 선생으로, 생트콜롱브였다. 세 번째 스승은 작곡 선생으로, 륄리[11]였다. 인간이 목소리로 표현되는 감정을 지배하는 변성까지도 모방하기. 민감한 감수성의 목소리에서, 즉 유년기의 **아페토**affetto[12]─고통을 통과하며 발현한 변성된 목소리의 표현과 구분되는─에서 분리되는 부자연스러운 목소리를, 하지만 차츰 정립되어 공공연해지는 이 변성을 접근 가능한, 길들일 수 있는, 친숙한 것으로 만들기, 인간의 목소리에 대한 애정을, 제화공의 망치를 두드리는 아버지 목소리에 대한 애정을 길들이기. 마랭 마레를 차츰 거장의 경지에 오르게 한 악기는 유난히 남성적인 것으로 저음 악기와 스틱이다. 장바티스트 륄리 총감은 그에게 아버지 같은

11 이탈리아 태생의 프랑스 작곡가.
12 이탈리아어로 '애정'을 뜻한다.

17

존재였다. 그의 죽음에 바쳐 마레가 작곡한 〈소리 나는 무덤〉은 무엇보다도—〈생트콜롱브의 무덤〉보다도 더욱—충격적이었다. 느닷없이 내려가는 반음계로 인해서였다. 지극히 미세한 발성기관을 향해 몸 깊숙이 하강하는 것일까? 마랭 마레는 륄리의 오페라 공연 때마다 스틱으로 바닥을 두드려 박자를 맞추었다.

*

그는 생제르맹록세루아를 떠난다. 그곳은 말레르브[13]의 시신이 안치된 성당이며 피의 노래의 성당이다. 사도 성聖 바르톨로메오 축일에 찬과讚課의 노래 시간을 알리는 세 개의 종—성모 마리아, 성 제르맹, 성 뱅상[14]—이 울렸고, 그것을 신호로 1572년 8월 23일 밤에 학살[15]이 자행되었다.

---

13 프랑스의 시인.
14 중세부터 종은 종루에 걸리기 전에 가톨릭교회의 축성을 받으며, 종마다 성인의 이름을 부여받는다.
15 로마 가톨릭교회 추종자들이 위그노, 즉 개신교도들을 학살한 사건.

*

그는 생제르맹록세루아를 떠나 라르브르세크 거리를
따라 걷다가 포르레베크 거리로 접어들어 강변으로
내려간다. 9월의 빛이다. 그 빛 자체도 변해서 여름 막
바지의 묵직하고 농익은 빛이다. 봄날의 메마르고 선
명하고 생생하고 날이 선 빛이 아니다. 황금을 담뿍 품
은 빛에 일종의 농후함이나 안개가 섞여 그 자체로 붉
어진 혹은 흐려진 빛이다.

*

그는 강기슭으로 내려간다. 돼지들과 거위들, 모래톱
풀숲에서 노는 아이들이 보인다. 낚시꾼들, 물을 운반
하는 사람들, 장딴지까지 오는 강물에서 미역을 감는
알몸의 남자들과 슈미즈 차림의 여자들이 보인다. 그
는 섬과 다리와 흐르는 강물을 바라본다. 시간 저 너머
에서 늙지 않는 강물이 농후한 빛에 잠겨 영원한 상처
처럼 흐른다. 하지만 아름다워서 거의 아문 듯이 보이
는 상처. 그것은 인간의 시간을 앞설 뿐 아니라 이어나

갈 신의 상처이다. 그는 강—당시에는 fleuve가 아니라 아직 rivière라 부르던[16]—을 바라본다. 강물이 르아브르드그라스를 향해 흘러가다가 바다로 경사진 노르망디의 초원과 절벽들이 침식하는 해협의 물에 합류한다.

*

그는 목소리를 잃었다. 그는 라르브르세크 거리를 따라 걸었다. 센강의 둑길을 걸어간다. 유년기로부터 버림을 받았다. 여름이 끝났다. 그는 서둘러 생트콜롱브의 문하로 들어갔다. 3세기 동안 생트콜롱브의 작품은 전혀 알려지지 않았다. 아무것도 남아 있지 않았기 때문이다. 1966년 폴 오르만[17]이 두 대의 비올을 위한 협주곡 다섯 편을 찾아냈는데, 매우 난해하고 비통한 아름다움을 지닌 곡이었다. 생트콜롱브, 모가르,[18] 케네[19]

---

16 fleuve는 규모가 큰 강이고, rivière는 그보다 작은 강을 가리킨다.
17 벨기에의 음악사학자이며 작곡가.
18 17세기 초반 프랑스의 비올 연주자.
19 Gabriel Caignet. 17세기 초반 아버지 Denis Caignet(가수, 작곡가,
    비올 연주자)의 후임으로 왕실 실내악단의 비올 상임 연주자였던
    두 형제의 이름.

를 위시한 당대의 비올 연주자 대부분은 어떤 표현 방식보다도 음의 높이와 울림 사이의 선명한 대비, 다양성, 음색과 **아페티**affetti[20]의 강조 및 파열을 더 우선시했다. 그들은 소리의 놀라운 테시투라[21]를 연마함으로써, 그리고 모든 음역에서 당시의 현악기(5현에서 6현, 7현, 8현으로 변한 비올)로 낼 수 있는 음의 가능성을 증가시키고, 활과 손가락을 이용한 모든 연주 기법을 개발하고, 임시표[22]를 늘리거나 축소시켜 즉흥성을 도모하되 그 범위를 발성에서와 마찬가지로 템포에서도 제한함으로써 그러한 경지에 도달했다. 멜로디의 연주와 하모니의 연주가 이어지는 악곡을 선점하고자 끊임없이 경쟁하는 가운데, 끊임없이 대비적이고 비장하고 충격적인 여러 목소리, 즉 장황한 상위 음과 차분하거나 상충되는 하위 음이 지속적으로 동시에 들려야 했다. 장 루소[23]에 따르면, 비올 연주자는 사랑과 섬세함, 슬픔과 공포의 감정을 느낄 수 있도록 '목소리가 불러

20 affetto(주 12 참조)의 복수형.
21 어떤 가수가 소리 낼 수 있는 적정 음역 혹은 어떤 악곡의 음역.
22 음의 높이를 임시로 올리거나 내릴 때 사용하는 내림표나 올림표를 가리킨다.
23 생트콜롱브의 제자이며 《비올 개론》(1687)의 저자.

일으키는 매혹적이고 유쾌한 모든 것'을 모방해야 한다. 또한 이러한 정서, 이러한 다양한 목소리를 항상 독립적으로 유지하는 동시에 그것에 귀를 기울이는 청자의 마음을 뒤흔들 수 있어야 한다. 하나의 음원이 이토록 다양한 언어를 구사하고, 이토록 많은 감정을 담을 수 있다는 사실에 놀랄 정도로.

*

이제 내가 기록하는 소소한 질문이나 장면들―혹은 내면에서 탐구를 부추기며 나를 매혹하는 수수께끼들―의 배경이 되는 일화를 이야기할 대목에 이르렀다. 나는 옛 문헌을 꼼꼼하게 옮겨 적을 참이다. 에브라르 티통 뒤 티예는 부르고뉴 공작 부인의 집사였다. 전쟁위원직을 수행하기도 했다. 그는 자신이 알고 있거나 좋아했던 여러 음악가, 화가, 작가, 건축가에 관한 1천여 편의 일화를 기록한 바 있다. 마레는 1672년 9월 생제르맹록세루아의 성가대를 떠나 생트콜롱브의 지도를 받았다. 스무 살이 되던 해인 1676년에 그는 '왕의 악사'로 궁정에 들어갔다. 1720년대의 옛 지방 전쟁위원이 기록한 에피소드의 시기는 그러므로 1673년이나 1674년 혹은 1675년 여름 동안일 것이다. 나는 《프랑스의 고답파Parnasse françois》[24]의 1732년 판본을 근거로 삼았다. 다음은 그 책 625쪽에 기록된 내용이다. "생트콜롱브는 바로 마레의 **스승**이었다. 그런데 6개월이 지나자 **제자**가 자신을 능가할 수 있다는 것을 알아챈 **스승**은 그에게 더 이상 가르칠 게 없노라고 말했다. 하지만 **비올**을 너무니 사랑했던 마레는 이 **악기**를 완벽하게 다루고 싶은 욕심에 **스승**의 기량을 더 전수받고 싶었다. 그는 스승의 집에 접근하는 시기를 여름으로 잡았다. 여름에는 생트콜롱브가 **비올**을 더욱 느긋하게 즐기며 연주하려고 정원의 **뽕나무** 가지 위에 판자로 지은 오두막에 틀어박혀 지냈기 때문이다. 마레는 오두막 밑으로 숨어들었다. 거기서 **스승**의 연주를 들었고, **예술**의 **거장**들이 자신만의 비법으로 간직하려는 몇몇 **경과구**와 활의 특이한 사용법을 익혔다. 하지만 그 일은 오래가지 못했다. 눈치를 챈 생트콜롱브가 자신의 연주를 **제자**가 엿듣지 못하도록 주의했기 때문이다."

24 주 10 참조

*

전쟁위원이 기록한 이러한 일화―오두막, 오두막의 바
닥, 거의 노[能]²⁵의 울림통 같은 판자―는 일본의 일화
이기도 하다. ざぜん(坐禪)²⁶의 한 제자가 부동자세의
스승을 엿본다. 그는 こうあん(公案)의 가르침을 깨쳐야
한다. 혹은 고대 그리스의 설화이기도 하다. 한 여인이
등잔불빛으로 신의 알몸을 훔쳐본다.²⁷ 비록 모든 나체
가 신의 나체는 아닐지라도.

*

소리의 격막膈膜은 시간의 순서에서 첫 번째이다. 하
지만 나는―우리가 우리 자신의 육체에 감싸이기에 앞
서는―태내의 외피 격막을 떠올린다. 그다음으로 떠올
리는 성적 수치심과 거세의 존재나 위협은 의복의 격
막과 분리할 수 없는 관계이다. 몸이 아니라 몸의 특정

25 일본 고유의 가면극.
26 선불교에서 수행자를 인도하기 위해 제시하는 과제.
27 프시케와 에로스의 신화.

24

부위, 즉 가장 개인적인 것은 아닐지라도 확실히 구별되는 부위는 타인의 호기심을 피해 있다. 따라서 숨겨진 성기와 같은 일종의 에투페 음音[28]을 추정해볼 필요가 있다. 이것이 바로 음악의 비밀이다. 그런 의미에서 마랭 마레는 스승을 밟고서라도 베이스 비올의 비르투오조가 되기로 결심한다. 피아노포르테[29]나 첼로를 사용하면 틀림없이 일종의 에투페 음을 낼 수 있다. 하지만 하프시코드나 비올라 다 감바의 경우에는, 오늘날 장막이나 타피스리, 칸막이가 에투페 음을 차단시키는 것과 마찬가지로, 에투페 음을 약화시킨다. 우리 내면에 도사린 지극히 아득한 무엇이 손가락을 근질거리게 만든다. 가슴속에 숨겨진 그것은 선사시대보다 더 오래된, 혹은 사투르누스[30]보다 더 아득히 먼 옛날의 것인 듯하다. 같은 시기에 장 드 라퐁텐[31]은 쓰이지 않는 말[言]과 활력을 되찾은 오래된 이미지의 도움으로 새로움과 고풍스러운 효과를 지닌 젊음 자체를 추

---

28 '음을 억제하여' 혹은 '약음기를 사용하여'라는 의미의 음악 용어.
29 18~19세기 초의 피아노.
30 로마 신화에 나오는 농경의 신.
31 프랑스의 시인이자 동화 작가.

구한다. 그때는 내가 볼 수 없었고, 호흡하지 않았으며, 바람도 대기의 공기도 하늘의 깊이도 느낄 수 없던 시기였다. 나는 완전히 들은 것도 완전히 이해한 것도 아니라는 강렬한 느낌을 영원토록 지니고 있다.

*

언어langage에는 날것이 전혀 없다. 익힘에 너무 가까운 언어. 말해진 것은 모두 익힌 것이다. 언어는 언제나 너무 늦게 우리에게 온다. 우리 안에는 선사시대, 즉 음악의 고어古語가 있다. 목소리보다 귀가 수개월 앞선다. 지저귐, 흥얼거림, 울음소리, 음성은 거의 분별 있게 분절된 언어langue보다 몇 달이나 몇 계절 앞서 우리에게 온다. 그것이 첫 번째 허물 벗기mue였다. 사춘기의 허물 벗기인 변성은 첫 번째의 반복으로, 사내아이의 경우에만 아주 격하게 아주 새삼스럽게 되풀이된다. 내가 사랑하는 사람들의 목소리에 미치는 감정의 영향은, 그들의 목소리를 그들 내면에서 일종의 나이처럼 작용하게 하는 것으로, 내게는 수줍음이나 수치심으로 인한 얼굴의 홍조보다 더 무한하고, 더 놀랍고, 더 충격적으로 여겨진다. 하지만 때때로 되살아나는 에투페 음, 살아나지 않는 소리, 남성의 변성이 진행되는 9~10개월간의 불안정한 소리, 이런 것이 유년기의 소리이다.

*

내 아들은 열세 살이다. 목소리가 변하고 있다.

*

수줍어서 얼굴이 붉어진다. 목소리는 흥분되고 떨리고 갈라진다. 나는 인간의 성기를 보고 매료되는 것이 더 절대적이지만 무한하지는 않다는 확신에 불현듯 사로잡힌다.

*

마랭 마레의 젊은 시절에서 가져온 일화에 묘사된 유일하게 구체적인 세부 사항, 유일하게 진짜인 사소한 사실 하나는 정원의 뽕나무 가지 위에 판자로 지어진 오두막이다. 매우 사실적이고 생생하며 유일한 단어는 'mûrier(뽕나무)'이다. 마랭 마레는 칸막이, 즉 울림 판자 뒤편에서 엿듣는다. 판자로 지어진 오두막은 이미 악기이다. 판자에 귀를 바싹 대고 몸을 웅크린 주인공, 도둑 음악가는 훨씬 옛날의 자세를 반복한다. 잉태였던 이 장면은 출산으로 바뀐다. 여름 끝자락의 이 모든 장면은 또 하나의 다른 격막, 또 하나의 탐욕스러운 청취를 연상시킨다.

게다가 이 일화는, 남성의 변성mue과 직접적인 관련은 없을지라도 이러한 변환, 모방 학습, 성가대원에서 비올 연주자로의 변환mue을 바로 mûrier라는 나무의 이름 아래 위치시키고 있다. 뽕나무 열매는 빨간색을 띠다가 자주색이 되면서 까맣게 변하는데, 이때부터는 손가락 밑에서 으깨져 피처럼 물크러지기 때문에 mûre(오디)라고 한다. mûrier는 mûrir(익다)라는 단어에서 유래한 명칭을 지닌 유일한 나무이다. 청각의 성숙이 옛날에 어머니 배 속에서처럼 웅크린 몸으로 변화되고, 이후로는 저음 악기의 지배를 받으며, 어떤 점에서는 이 열매처럼 진홍빛을 띠게 된다.

인간의 허물 벗기mue[32]를 뭐라 불러야 할까? 사내아이의 경우에는 13세에서 14세 무렵에 일어나고, 여자의 경우에는 45세에서 50세 사이에 다소 다른 방식으로 나타난다. 남자의 변성은 '오직 거세로만 치유되는 목소리의 병증'으로 정의할 수 있다. 변성은 생식기의 성장과 관련 있으므로 생식기에 가해지는 위협과 연관된다. 이런 가능성은 매우 클 뿐 아니라 종種을 결정짓는 요인이 되므로 몽상으로 그칠 수 없는 유일한 경우가 있다. 즉 문명이, 두려움을 떨쳐내고, 목소리의 악화와 생식기의 성장이 불가분의 관계인 남성 성기에 가해지는 위협을 감수하는 사례이다. 바로 카스트라토[33]의 거세가 그러하다. 클라우디오 몬테베르디, 마랭 마레, 요제프 하이든, 프란츠 슈베르트, 이들은 자기 목소리의 배반을—그로 인한 신체적·재정적·사회적 소외를—음악을 작곡함으로써 만회하고자 했던 소수의 음

---

32 허물 벗기, (목소리의) 변성, 털(혹은 깃털)갈이, 뿔갈이, 변환, 변모, 탈피 등을 가리킨다. 문맥에 따라 역어를 선택하기로 한다.
33 변성기 전에 거세로 소년의 목소리를 유지하는 가수.

악가이다.

*

처녀성과 거세는, 그것이 동물의 거세든 인간의 거세
든 간에 동물성과 별개이다. 역사의 흐름에서 순치馴致
와 거세는 분리되지 않는다.

거세에는 부차적 기능이 있다. 목소리의 자연스러
운 음계를 역전시킨다. 인간의 목소리를 성기와 연령
의 의존성에서 해방시킨다.

*

모든 거세는 즉시 발성에 영향을 미치며 아마도 우선
적으로 그러하다. 후두의 연골과 성대의 발육―성부聲
部의 혼탁, 또 다른 음암陰暗, 이를테면 옛날 비올의 장
선腸線들의 생성―은 음낭의 성숙과 구분되지 않는다.
따라서 거세를 하면 변성은 일어나지 않는다. 엄밀히
말하면, 남성 변성의 제거는 음낭 제거의 결과로서가
아니라 신체 내부에서 보다 어렴풋한 상칭이 지속적

인 균형을 이루기 때문이다. 조화로운 상칭은 절단이
내는 소리 자체이다. 상실의 목소리이다. 목소리의 유
치증[34]은 고환의 손실을 '자백한다'. 남자들은 이러한
이중적 장면에 매료되었다. 어린애의 고환이 절제되면
변성도 없어진다.

*

음악 작곡과 그것이 발휘하는 매력은 잃어버린 목소
리, 잃어버린 음색, 잃어버린 으뜸음에 대한 깊은 내면
에서 이루어지는 끝없는 탐색에 일부분 근거한다는
글을 우리는 자주 접한다. 이 사실에서 우리는 기악―
즉 멜로디가 드디어 인간 목소리의 한계를 넘을 수 있
게 된 음악―에 대한 취향이 목소리의 상실과 이상하
게 생긴 상자를 절충한다는 추론을 도출하기도 했다.
모양새만 얼추 인체와 비슷할 뿐 진짜 사람은 아닌, 줄
이 매인 이 상자에서 악기의 유령이 나타나 사라진 목
소리를 소리쳐 부르고, 그 목소리를 끊임없이 수신한

---

34 호르몬 장애로 성인이 되어도 신체적으로 유아의 상태에 머무는 것.

다. 바이올린족은 비올족과 마찬가지로 속이 파인 나무로 만들어진 인체의 가족이다.

*

나는 다소 서정적이고 실망스러운 이 논거를 곧이곧대로 믿는다. 이 예술이 왜 그토록 자주 그리고 절망적으로 남성과 연관되는지 그 이유를 설명해보겠다. 남성의 변성mue은 사춘기와 관련 있다. 여성의 허물 벗기mue—늘 알아차리지는 못할 정도로 더 은밀하다—는 폐경과 상관 있다. 한 아이가 목소리를 잃는다. 사내아이에게만 일어나는 장면이다. 이 목소리—그의 정체성, 정체성 표현의 질료 자체, 그의 몸을 모국어에 이어주던 목소리, 변성을 겪지 않은 것 같은 어머니의 목소리에 입과 귀와 유성有聲의 기억을 이어주던 목소리—가 영원히 부서졌다. 영원히 사라졌다. 졸지에, 오직 남자에게서만, 과거가 영원히 물러간다. 내 유년기는 어디 있는가? 내 목소리는 어디 있는가? 나는 어디 있는가? 혹은 적어도 나였던 존재는 어디 있는가? 이제는 소문으로도 나 자신을 알아보지 못한다. 내 목소리에서 어찌 나를 만나겠는가? 내뱉는 불평의 주제인들 어찌 기억하겠는가? 끊임없이 늘어놓는 내 푸념조차 줄곧 예전의 목소리를 제압하고, 두려움에 떨게 만들고, 멀리 쫓아버리는 걸걸한 목소리가 아닌가.

*

어지들은 소프라노 목소리를 유지하다가 그 상태로 죽는다. 그 목소리는 군림한다. 그야말로 지지 않는 태양이다. 하지만 남자들은 어린아이의 목소리를 잃는다. 그들은 두 목소리—이중창을 부르는 범주의 두 목소리—를 지닌 존재이다. 즉 사춘기 이후에 목소리가 마치 허물처럼 떨어져 나간 인간으로 규정될 수 있다. 그들에게 유년기, 말 못 하는non-langage 시기, 실재le réel, 이런 것은 뱀의 허물이다.

*

그들 앞에는 두 가지 가능성이 열려 있다. 둘 다 기이하기 짝이 없다. ① 거세. 어린아이의 목소리는 유지된

다. 음낭은 절단된다. 희생과 기이한 군림. ② 음악. 그
들은 변성 자체의 허물 벗기를, 변성 자체의 재-허물
벗기를 꾀한다. 그들은 작곡가가 되거나 악기 연주자
가 된다. 자신을 배신하지 않을 목소리를 갈고닦는다.
그것이 바로 마랭 마레가 찾아낸 소명이다. 저음 목소
리의, 어느 누구도 따라오지 못할 정도로 변성된 목소
리의 비르투오조가 되기.

*

여자들의 목소리는 변하지 않는다. 남자들의 목소리는
변한다. 생물학적 운명에 따라 남자들은 목소리에 배
신당한다. 버림받는다. 변성을 겪을 수밖에 없다. 변화
에 복종한다.

*

모차르트의 변성. 1770년 볼로냐에서다. 그는 무화과
와 복숭아를 게걸스럽게 먹는다. 수박을 보면 수박에서
오이 맛이 난다며 설탕과 계피를 듬뿍 뿌린다. 갑자기

키가 훌쩍 자라 옷소매가 너무 짧아진다. 목소리가 변한다. 아버지의 기록에 따르면, 아이는 자신이 쓴 곡을 노래할 수 없게 되자 무척 슬퍼한다. 목소리를 잃은 것이다. 그는 게트라이데 거리[35]를 그리워한다. 마리안[36]에게 보내는 편지에 이렇게 쓴다. "기보하느라 내 손가락들이 너무 지쳤어, 지치고, 지치고, 지쳐버렸어." 그는 잘츠부르크의 카나리아, 한결같은 목소리를 지닌 카나리아를 꿈꾼다. 마리안의 목소리를 동경한다. 자신의 변성을 부정한다. 음악을 작곡하는composer 것은 변성하지 않는 소리의 영역을 재구성하는recomposer 일이다. 카나리아를 만들어내는 일이다. 소리의 노란 껍질을 손가락으로 돌돌 말아 제거하는 일이다.

마레의 경우에 변성은, 소년 모차르트처럼 변성을 부인하고 완강히 거부하도록, 즉 유년기와 목소리의 조국을 포기하지 못하게 부추기기보다는 오히려 적극적으로 망명을 받아들이게 그를 밀어붙인다. 망명지는 베이스 비올이다. 배 속에 자리 잡기, '뽕나무' 안으로 기어들기, 그리하여 사춘기의 변성을 제2의 출생으로

35 오스트리아 잘츠부르크의 번화한 쇼핑 거리.
36 모차르트의 누나. 피아노와 클라브생(하프시코드) 연주자이다.

삼기. 인간 남성의 악화된 목소리를 감동적으로, 기교적으로, 매혹적으로 만들기. 티통 뒤 티예는 자신의 저서 625쪽에 이렇게 기록했다. "마레는 비올의 소리를 더욱 낭랑하게 할 목적으로, 이 악기의 마지막 세 현을 황동으로 바꿀 생각을 했던 최초의 음악가이다."

*

서양에는 여성 비르투오조들이 차고 넘치도록 많았다. 여자들은 음악을 무척 사랑했다. 하지만 적어도 작곡을 많이 한 여성은 드물었다. 여자들은 변성을 겪지 않는다. 유년기의 목소리를 되찾기 위해 노력할 필요가 전혀 없다. 그저 말을 하면 되고, 입을 벌리기만 하면 된다. 여자들은 자신의 목소리─음성의 처음부터 끝까지─를 완벽하게 지배한다. 시간에서 우위를 점하고, 음조에서 전능하고, 음가音價에서 주도권을 행사할 뿐 아니라, 가장 어린 것들─태어나는 것들─에게 새겨진 소리의 흔적에서 지극히 절대적인 제국이다. 남자들의 경우, 13세나 14세부터 자신의 감정과 타고난 감성과 **아페토**가 담긴 노래를 부를 수 있는 기량을 필연적으로 잃게 된다. 변성으로 인해 최초의 신체와 더욱 분리되기 때문이다. 두 다리 사이에 있는 성기의 존재와 마찬가지로, 입술 사이로 나오는 저음으로 악화된 엉뚱한 목소리, 목 중간에 불거진 목젖은 에덴의 상실을 봉인한다. 필연적으로 그리움이 수반되는 변성은 향수鄉愁를 구현하는 물리적 흔적이다. 하지만 에덴의 상실을 잊을 수 없게 만든다. 그 기억이 변성의 표출 자체에서 끊임없이 환기된다. 모든 저음의 목소리는 실추된 음성이다. 남자들이 입을 열기라도 하면, 즉시―몸을 둘러싼 소리의 후광처럼―그들의 목소리가 이렇게 울린다. "결코 본래 목소리를 회복하지 못하리라." 시간이 그들 안에 있다. 그러므로 결코 길을 되돌아가지 못할 것이다. 그들은 목소리의 상실과 더불어 작곡하고, 시간과 더불어 작곡한다. 그런 것이 작곡가들이다. 저음에서 고음으로의 변환은 가능하지 않다. 적어도 몸으로는 불가능하다. 오직 악기로서만 가능하다. 변환의 이름은 음악이다.

제2부

1672년 9월 9일―여름, 날이 저물어갈 무렵, 센 강변을 따라 걸었던―그는 생제르맹록세루아 성당의 성가대를 떠났고, 생트콜롱브를 사사했다. 륄리도 사사했다. 그는 악착스럽게 수학했다. 매우 안타까운 말이지만, 그의 왼쪽 손가락들에서는 굳은살이 갈라져 피가 흘렀다. 1679년 스물세 살의 나이에 마랭 마레는 왕실 실내악단의 비올 상임 연주자로 임명되었다. 막 세상을 떠난 케네의 자리를 차지한 것이다. 그는 오페라 극장에서 동시에 비르투오조, 작곡가, 교사, 오케스트라 지휘자로서 경력을 쌓았다. 카트린 다미쿠르와의 53년간의 결혼생활에서 열아홉 명의 자녀를 두었고, 이들대부분이 비르투오조나 작곡가 혹은 교사가 되었다. 지방 전쟁위원 티통 뒤 티예는 자신의 저서 627쪽에또 하나의 일화를 이렇게 기록했다. 당시에 마랭 마레는 쉰세 살이었다. "1709년, 그는 아들 넷을 루이 대왕에게 소개했고, 왕을 위해 음악회를 열어 세 아들과 함께 자신의 비올 곡들을 연주했다. 당시에 수도사 복장의 넷째 아들은 **악보**를 보면대에 정렬하고 한 장씩 넘겨주는 일을 맡았다. 그 후에 왕은 세 아들의 연주를 따로따로 들었고, 자신의 소감을 이렇게 피력했다. '짐은 자네 자식들에 대해 아주 만족하네. 하지만 자네는 변함없이 마레이고, 그들의 아버지일세.' 다음 날 부르고뉴 공작 부부를 위해 같은 **음악회**가 열렸다."

*

그는 일생 동안 끊임없이 거처를 옮겨 다녔다. 1686년─위그노[37]들의 1차 추방이 일어난 시기이며, 퐁트넬[38]이 《세계 다수 문답》을 출간한 바로 그해─그는 생퇴스타슈 성당 부근의 주르 거리에 살았다. 1691년─니스가 함락되고 프랑스군이 피에몬테[39]를 침공한 해이

---

37 프랑스 프로테스탄트 칼뱅파 교도를 지칭하는 명칭.
38 프랑스의 계몽 사상가이자 문학가.
39 이탈리아 북부의 주.

며, 사료 편찬관 라신[40]이 《아탈리》[41]를 가지고 극장으로 돌아온 바로 그해—에는 캥캉푸아 거리에 살았다. 1701년—두 살배기 샤르댕[42]이 그림에 자질을 보이지 않자 부모가 몹시 실망하는가 하면 삼마르티니[43]는 아직 어머니의 양막 주머니 안에서 발길질을 할 때—에는 베르탱푸아레 거리에 거주했다. 1717년—삼국동맹[44]을 맺은 해로 표트르 1세[45]가 파리에 체류하던 해—그는 아르프 거리로 이사했다. 1725년—칸트가 막 태어났고, 그뢰즈[46]도 태어났고, 증권거래소가 생겨나고 베링 해협이 발견된 순간—에는 루르신l'Oursine 거리에서 살고 있었다. 그런데 음악실이 충분히 넓지 않아 레슨은 바투아르 거리에서 했다. 그가 살던 루르신 거리의 집은 생마르소 교외와 코르들리에 공원 부근으로 아주 널찍했고 정원까지 갖추고 있었다.

40 프랑스 고전 비극의 대표적 작가.
41 라신의 비극 작품.
42 프랑스의 화가.
43 이탈리아의 작곡가이며 바이올린과 오르간 연주자.
44 1882년부터 1915년까지 3국(독일 제국, 오스트리아-헝가리 제국, 이탈리아 왕국)이 프랑스에 대항하기 위해 체결한 비밀 군사 동맹.
45 러시아 제국 로마노프 왕조의 제4대 황제.
46 프랑스의 화가.

*

매우 놀랍게도 이 이름과 거리가 언급된 외젠 라비슈[47]의 희극[48]이 있다. 1857년 3월 팔레루아얄 극장에서 상연되었다. 술에 취한 한 사람이, 제아무리 애를 써도 막연하게 느껴지는 기억을 떠올리지 못하면서, 그 기억은 점점 더 끔찍한 것으로 변해간다.

*

루르신 거리의 집에 정원이 내다보이는 음악실을 차렸는데, 어찌나 협소한지 음악가 친구들이나 학생들이 깜짝 놀랄 정도였다. 두 대 이상의 비올은 연주할 수도 없던 터라 마레가 레슨을 하려면 바투아르 거리에 더 큰 작업실을 빌려야만 했다. 그 작업실은 50년 전 뽕나무 위에 지어진 생트콜롱브의 오두막과 판박이였다.

---

47 19세기 프랑스의 희극 작가.
48 《루르신Lourcine 거리의 사건》이라는 제목의 희극. (l'Oursine과 Lourcine의 발음이 같다.) 술에 취한 한 남자가 잠에서 깨어 자신이 루르신 거리에서 일어난 범죄에 연루되었음을 알고 전개되는 이야기다.

내부는 밝은 빛의 오크나무 내장재로 도배되었다. 빨간 제노바 벨벳 스툴이 두 개, 창문 근처—마레가 나무와 꽃들을 바라보며 즐기던 곳—에 놓인 17세기풍의 긴 의자, 낡은 노란색 벨벳의 '뒤셰스',[49] 마노석 뚜껑이 덮인 필기구 함이 있었다.

*

마레는 몰리에르의 연극을 관람했다. 라퐁텐은 마레의 연주를 들었다. 왕과 맹트농 부인[50]이 아직 결혼하기 전이었다. 그가 이미 '실내악단 상임 연주자'로 임명된 후였다. 이 직함은 그가 얼이 나갈 만큼 놀라운 것이었다. 1679년부터 1683년까지 그는 이 직책을 수행했다. 라모[51]도 바흐도 아직 태어나기 전이었다.

49 팔걸이 의자 두 개를 스툴로 연결시킨 18세기 프랑스의 침대용 의자.
50 프랑스의 교육자이자 문학가. 루이 14세 왕자의 양육을 맡았으며 왕비 마리 테레즈가 죽자 왕(루이14세)과 비밀 결혼식을 올렸다.
51 프랑스의 작곡가이며 음악이론가.

*

동시대인들은 마레의 음악이 기보뿐만 아니라 멜로디
도 난해하다고 생각했다.

 "마레는 다양하고 박식한 길을 따르는데,

 그의 과감성은 거북하고, 그의 지식은 무서울 정도다."

 이러한 대담성과 해박한 지식은 당시 비올 특유의
뮤헌과 관련 있다. 그는 유년 시절에 들라랑드와 함께
노래했다. 그가 마레를 생탕드레자르의 주임신부인 마
티외 사제[52]의 집으로 데려갔다. 그곳은 진정한 이탈리
아 음악 클럽이었다. 하지만 마티외 사제의 장서를 물
려받은 것은 마레가 아니라 들라랑드이다.

 생트콜롱브와 륄리 외에도 마레는 루이 쿠프랭[53]과
샹보니에르,[54] 샤르팡티에[55]의 작품들에 놀랄 만큼 정
통했다. 리슐리외의 저명한 비올 연주자 모가르를 통

---

52 프랑스의 가톨릭 사제. 이탈리아와 프랑스 음악의 보급에 지대한
 영향력을 미쳤다.
53 프랑스의 작곡가이자 클라브생, 오르간 연주자.
54 프랑스의 클라브생 연주자.
55 프랑스의 작곡가.

해 윌리엄 버드[56]의 작품도 알고 있었다. 케네의 악보
집들도 가지고 있었다.

*

마레의 현존하는 기악곡은 총 650곡이 넘는다. 이 곡
들은 40년에 걸쳐 일곱 권으로 출간되었다. 한 대 혹
은 두 대의 비올을 위한 곡들이 수록된 첫 번째 악보집
은 1686년에 인쇄되었다. 1692년 11월에는 3중주곡들
이 실린 악보집이 출간되었다. 1701년에 제2권(사라반
드[57] 〈슬픔에 잠긴 여인La Désolée〉과 〈인간의 목소리들Les
Voix humaines〉은 바로 이 여덟 편의 모음곡에 수록되었다)이
출간되었다. 1711년에 제3권이 나왔다. 1717년에 비올
독주곡과 3중주곡들이 실린 제4권이 나왔다. 1723년
에는 바이올린과 비올과 통주저음을 위한 오페레타
형식의 〈음계La Gamme〉를 선보였다. 1725년에 출간된,
비올 곡들이 실린 제5권에는 115곡으로 구성된 일곱
편의 모음곡이 들어 있다.

56 영국의 작곡가.
57 17세기에 유행한 3박자의 우아한 춤곡.

*

마레의 네 편의 오페라 중 1706년에 작곡된 세 번째 작
품 〈알시온Alcione〉은 질풍노도의 대담함과 공포감으
로 18세기 전반의 청중에게 충격을 주었다. 비올의 저
음 현들, 북의 느슨한 가죽, 바이올린의 샹트렐[58]이 내
는 최고조의 비명.

*

말년에 성정이 괴팍해진 마레는 바이올린족과 베네치
아인들, 나폴리인들에게 문을 열어둔 채 침묵 속으로
물러났다. 다음은 지방 전쟁위원 티통 뒤 티예의 기록
이다. "그가 이룩한 어떠한 위업의 소식도 더 이상 들려
오지 않았다." 그는 헨리왕 시대의 낡은 노란색 뒤셰스
에 앉아 있었다. 두 손은 떨리지 않았다. 고개가 흔들거
렸다. 장미와 카네이션과 하얀 튤립을, 플라타너스와
느릅나무를, 그리고 그것들이 풀밭에 드리운 그림자가

58 chanterelle. 현악기의 최고 음현.

45

소리 없이 서서히 움직이는 풍경을 바라보았다.

*

1726년, 1727년, 1728년 3년 동안 그는 거의 말을 하지 않았다. 죽음을 정당화하기 위해, 점점 더 긴박하고 점점 더 두렵게 다가오는 종말을 견디기 위해, 원치 않아도 떠나야 할 세상을 미워할 수천 가지 이유를 수북하게 쌓아 올리는 노인들처럼 그는 이렇게 주장했다. 자신은 더 이상 얼굴에 있지 않은 귀들에 노래를 속삭였노라고. 그리고 이유는 모르지만, 하룻밤 사이에 사람들을 죽음으로 몰아넣었을 언어로 시를 쓰는 시인과 자신이 흡사하다고 믿었다. 대중의 관심이 이미 그에게서 멀어졌을 때 그는 자신의 비올 연주 기량이 최고조에 달했다고 믿었다. 자신이 물 위에 기보했노라고 믿었다. 흐름을 거슬러, 다시 근원을 향해 부단히 나아가는 불가능한 움직임으로.

*

1728년 9월, 그는 죽었다. 아직 9월이었다. 그는 무엇보다도 여름을, 여름의 마지막 날들을, 그 짙고 감미로운 빛을 좋아했다.

*

1672년 9월, 성당의 성가대에서 쫓겨났고, 센 강변을 따라 걸었다. 1674년 혹은 1675년 9월, 오두막 아래에서, 가시덤불과 농익은mûres 새까만 오디들mûres 가운데서 피처럼 뭉크러졌다.

제3부

중국 명나라 시대의 옛 문인들이 떠오른다. 그들은 궁전이나 규방, 뜰을 지칭하며 겸손하게 '허름한 달팽이 껍질'[59]이라고 말했다. 작은 작업실이 바로 이 껍질이었다. 이 껍질은 뽕나무 가지에 대한 기억이었다. 뽕나무 아래 달팽이들이 빛의 파편들을 남긴다. 갉아먹은 잎사귀에 남은 점액으로 만들어지는 문양은 갑자기 햇빛이 내리비추거나 혹은 비껴 비추기라도 하면, 보석이나 비올에 파인 골처럼 아름답기 그지없다.

소리―우주에서 생성되는 소리―의 비밀이 있지만 나는 그것을 알지 못한다.

소리의 분비물에 관해서는 말할 수 있다. 포유류에게서 냄새가 하는 역할을 개구리의 경우에는 소리가

---

59 이 표현은 '와사형비蝸舍荆扉'(달팽이 껍질 집과 사립문)의 '와사蝸舍'에서 근거한 것으로 짐작된다.

담당한다. 남성에게 일어나는 변성의 비밀은 성기의 성숙과 생식력이다. 목소리의 걸걸함은 소리의 분비물에 불과하다. 소리의 냄새 맡기, 핥기, 수유授乳에 대해 말할 수 있다. 몸을 감싸는 소리의 옷. 기억을 떠올리는 소리의 냄새.

*

알, 유충, 번데기, 성충―일곱 번까지 상태가 변한다. 알은 네 번의 변환mue을 거쳐 애벌레에서 번데기로, 번데기에서 나비로 변한다. 나는 목소리가 저음으로 변하는 나이가 될 때까지 바이올린 파트를 맡았다. 그후 수염이 텁수룩해지자 비올라 파트를 맡았다. 그러고 나서 얼굴이 매끈해지면서 첼로 파트를 맡았다. 일요일 4시에 솔페리노 거리에서 클라브생[60]을 맡은 야니크 기유[61]와 바이올린을 맡은 제라르 뒤뷔송[62]이 합

---

60 '하프시코드'의 프랑스어 명칭.
61 프랑스의 출판인이며 17~18세기 프랑스 음악 애호가로 클라브생 연주자이자 수집가.
62 바이올린 수집가이며 갈리마르 출판사의 총괄 책임자였다.

류한다. 우리는 한순간도 멈추지 않고 라모, 쿠프랭,[63] 케 데르블루아,[64] 마레를 연주했다. 웃음보가 몇 번 터지거나 반복 연주가 있기는 했지만, 그야말로 몇 시간 동안 완전히 망연자실 넋이 나간 상태였다. 서너 시간이 지나자, 기진맥진한 머리는 옛날 악기의 몸체처럼 마침내 텅 비어—아무것도 들어 있지 않아—개운해지고, 윗몸이 쭉 펴지고, 굳은살이 박인 손가락들은 전혀 아프지 않으면서 더욱 하얘졌다. 우리는 와인을 마신다. 곡이 눈물처럼 느껴질 때까지 구슬프게 연주했던 프랑수아 쿠프랭의 율동적인 사라반드에 대해 말하는 척한다. 이것은 두 개의 융합이다. 마지막 음의 시뮬라크르,[65] 즉 끝에서 두 번째 음으로 귀결되는 이중의 융합. 술에 곯아떨어진 잠. 그것은 죽음의 욕구가 아니다.

*

주음主音의 필요성, 주음으로 종결되는 필요성은 13세

63 18세기 프랑스의 작곡가이자 오르간 연주자.
64 18세기 프랑스의 작곡가.
65 보드리야르의 철학 용어로 '실재의 복사물'을 가리킨다.

나 14세의 나이—남성의 변성이 일어나는 나이—에서
는 저항할 수 없는 것이 된다. 마약 중독을 생각하면
된다. 혹은 담배의 의존성이나, 혹은 보다 각별하게 고
독의 습관성을 떠올리면 된다.

*

시신세始新世[66] 이후로 우리는 유태반有胎盤 동물이다.

이 무슨 생각인가!

*

인간의 귀는 지상이나 대기권에 편입되기 전에 존재
한다. 숨결 그 자체보다 먼저, 숨결을 촉발하는 울음소
리보다 먼저, 두 귀는 두세 계절 동안 양수 주머니 안
에, 배〔腹〕의 공명기 안에 잠겨 있다. 따라서 모든 소리
의 감지는 알아보기이며, 이 알아보기의 편성과 특화
가 음악이다.

66 신생대 제3기를 다섯으로 나눌 때의 두 번째 시기.

국어國語는 음악의 일부분, 음악의 작은 영역에 불과하다. 첫 새벽, 즉 언어에 관한 맨 처음의 수련은 우선 음악적 편성으로, 옹알거리는 존재는 자신이 입으로 내는 잡음bruit 가운데서 어머니의 소리son와 같은 무엇을 분간해내려고 한다. 혹은 어머니가 늘 옆에 있지는 않으므로 그 소리를 재생하려고 한다. 그리고 나서 청소년은 어린 시절의 목소리를 재생하고자 한다. 유년기의 목소리가 평생 지속되지 못하기 때문이다. 이런 유형의 청소년을 garçon(사내아이)이라 부른다. 오래된 고지高地 독일어[67]로는 '추방된 자'를 뜻한다. 이 '추방'이라는 단어에서 '용병'이나 '시종'의 의미가 파생되었다. 어떤 면에서 음계가 성조聲調에 속하듯이 언어는 어머니의 것이다. 네 살짜리 어린애는 5도 음정도 양보절도 알지 못한다. 'maternel(어머니의)', 'tonal(성조의)'이라는 말은 출생 후의 초기 상황으로 인해 즉시 '기준'이 된 흔적을 의미한다. 그것은 소리의 자취이다. 그 최초의 허밍은 지상에 속하지 않는, 액체의, 양수의 웅얼거림이다. 우리는―정서에, 감정의 데이아네이라[68]의

67 대략 750년에서 1050년 사이의 독일 고어古語.
68 그리스 신화에 나오는 헤라클레스의 두 번째 아내. 남편이 변심하

52

옷에 휩싸여 있으므로—태생적 소리 구름을 제거하지 못한다. 감정의 체제하에 있는 한 그러하다. 살아 있는 한 그러하다. 조성음악의 청취에서 느껴지는 즐거움은 퇴행적이다. 우리는 출생 이전에 귀에 익숙해진 소리의 기준에, 어린애였던 우리를 길들였고, 소리의 공포를 내면에서 화해롭게 조화시키려고 했던 원초적 음계에 가까워지려고 한다. 우리는 결코 최초의 울음을 달랠 수 없으므로, 내면에서 그것과 균형을 맞추려고, 그것과 협화음을 내려고, 폐호흡의 개시자인 이 울부짖음과 조화를 꾀하려고 한다. 우리를 음악으로 이끄는 이러한 움직임은 융합적이다. 추구하는 바는 그 어떤 기억보다도 우리 자신의 깊은 내면, 즉 근원에 존재하는 소리의 항구성이다.

*

평소 말하는 음성의 높낮이로 말하자면 변성으로 가

면 히드라의 독이 스민 자신의 피를 옷에 발라서 입히라는 네소스의 거짓말에 속아 그대로 실행했다가 헤라클레스를 죽음에 이르게 했다.

장 손상된 목소리, 즉 가장 저음의 목소리가 대화의 톤에서 솔1로 내려간다고 한다. 메조소프라노의 경우에는 반음 올린 라2로 이동하고, 소프라노는 도3을 유지한다.

*

솔1과 도3 사이에서 남자들은 끊임없이 자신으로부터 멀어진다. 그들은 그들 자신을 떠났고, 언어의 숨결과 시간에서 그들을 좌지우지하는 뭔가의 질료에 스스로를 유기했다. 그들과 그들 자신 사이에 돌이킬 수 없는 거리가 벌어지게 만들었다. 그 거리는 명왕성에서 목성이나 금성까지만큼 멀어졌다. 어떤 악기로도 고치거나 보완할 수 없다. 그저 목 놓아 부를 뿐이다. 음악가는 스스로 'héler(소리쳐 부르다)' 동사의 전공자가 된 자이다.

*

성인 남자가 내는 소리—매일 저녁 베르사유 궁전의

왕의 처소에서 라신과 생시몽에 둘러싸여 마레 혹은
들라랑드가 내는 소리와 생제르맹록세루아 성당 성가
대의 어린 소년 마레와 들라랑드가 노래하는 소리는,
오스트레일리아와 아프리카—이 두 곳이 펼쳐진 땅이
옛날에는 하나의 대륙을 형성했다—에 서식하는 동물
군과 식물군만큼 서로 동떨어져 있다. 이 거리의 단축
은 세상의 그 어떤 대상으로도 실현될 수 없는 기대이
다. 오스트레일리아 동부 유칼립투스 숲외 작은 코알
라가 아프리카의 열대우림 덤불에서 오카피[69]와 버팔
로에 둘러싸여 어슬렁거리는 거대한 고릴라와 마주칠
가능성만큼이나 요원하다.

*

잠시 남성의 변성을 잊는다면, 기다림은 시간에 의해
우리에게 주어진 유일한 경험이다. 지속은 저항이다.
시간은 지속되는 것, 우리가 견디는 것, 먹잇감과 턱뼈
들, 매복과 포식 간의 거리이며, 욕망과 향유이다. 어린

---

69 콩고의 기린과의 동물.

애-파롤,[70] 체념, 상실, 멜랑콜리를 습득하지 않은 만큼 진리를 알고 있는 존재-는 지연을 견딜 줄 모른다. 지연의 감내 또한 음악의 대상이 되는 한 부분이다. 그 대상으로는, 욕구불만을 거의 느끼지 않게 시간을 구성하기, 시간의 일관성을 느끼기, 그리고 전과 후에서, 회귀와 도래에서, 동과 서에서, 소프라노와 악화된 목소리에서, 빠름과 느림에서 차츰 일관성으로 스며들기, 욕구불만을 다스리기, 당장의 결핍을 제어하기, 조바심을 즐기기가 있다. 지난 세기말에 철학자 장마리 귀요[71]는 세상에서 인간의 어떤 시간-욕구와 충족 사이의 고통스러운, 즉 의식적인 기간-도 포유류의 기원에서 결코 자유로울 수 없으리라고 말했다. 이것은 앞으로 내밀어진 입안에 조금이라도 이빨이 있다면 깨물고 싶어지는-식탐이 발동해 다부지게 입술을 내밀면서 턱뼈의 움직임에 따라 차츰 이빨들이 부추겨진다고 가정하면-젖이 흘러넘치는 유방을 가리키는 고귀한 말이다.

---

70 언어활동에서 '사회적이고 체계적인 랑그'와 구분되는 '개인이 발화하는 언어'를 말한다.
71 프랑스의 철학자이자 시인.

*

여성은 자신에게 부족한 것이 없다는 사실에 전혀 익숙해지지 않을 수도 있다. 남성도 자신에게 여성과 구분되는 매우 확실하고 변함없는 무엇이 있음을 결코 완전히 믿지 못하는 것이 사실이다. 남성의 목소리를 길들이는 것은 '사운드 펜던트'를 착용하는 일이다. 여지들이 허리, 손, 팔, 발목, 코, 목에, 옛날에는 심지어 귀에까지 착용하기 좋아했던 것처럼.

*

비올을 연주한다는 것은 가장 오래된 공명기를 껴안는 일이다. 큼직한 배[腹]에서 소리를 끌어내는 일이다. 나무상자로 변한 커다란 살가죽 부대.

*

개는 해부학적으로 인간의 후두와 유사한 크기의 커다란 후두를 가지고 있다. 게다가 인간의 목소리와 동일한 주파수 내에서 소리를 낸다. 한 음역이 이들의 운명을 결정지었다.

200만 년 조금 못 미치는 세월을 거슬러 오르는 신생대의 사바나에서는 두 무리의 소리 음폭이 거의 같았건만……

*

개, 음악과 변성—여자, 언어와 쥐, 불안, 서 있는 자세, 수염과 죽음은 지난 수천 년간 이승의 어디서나 늘 인간과 함께였다.

*

목소리는 시간 안에서 울린다. 그런 다음 인간의 파롤이 대화나 노래처럼 실행되는 사회적 조건에서 벗어난다. 자신의 유령과 함께 작동한다. 혹은 자신의 이미지와 함께 작동한다. 혹은 자신의 기억과 함께 작동한다. 우리는 이 모든 가능성을 아주 최근에 '문학'이라 명명했다. 이 단어는 매우 유성적有聲的이다. 우리는 문자와 책에 대한 사랑을 거론했다. 문자와 책에 대한 사랑, 혹은 문학, 이것들 역시 사라진 목소리와 관련 있다. 변성된 자들을 다루는 변성된 자들이다. 아름다움에 다소 관심을 가지고 책을 집필하는 작가들은 자신들이 소리 내어 발성할 수 없는 목소리의 유령을 불러들인다. 그것이 그들의 유일한 안내자이다. 그들은 스스로의 침묵을 잘못 이해한다. 그들은 심지어 책의 침묵에서도 앞선 목소리―대개는 죽은, 늘 지나치게 유의미한 목소리―를 목메어 부르려고 한다. 마치 언제나 더 살아 있는, 즉 더 무의미한, 더 유아적인, 더 기질적인 목소리―변성 이전의 목소리―를 목메어 부르다가 결국 기악이나 작곡의 길로 들어선 음악가들과 흡사하다. 심지어 글을 쓰기 전에도, 침묵의 목소리는 글이 허용한 무음의 목소리보다 먼저였다. 구전되는 예술 작품도, 그것이 노래, 리라, 플루트, 춤과 관련이 있으므로 침묵의 목소리와 관련 있었다.

*

신은 시간 안에서 울리는 목소리로 말씀하지 않으신

다고 아우구스티누스[72]는 말했다.

*

그렇다고 다를 바 없다. 인간의 고통이 음악과 관련 있
는 이유는 고통이 시간 안에서 그리고 남성의 목소리
안에서 울리기 때문이다. 또한 느닷없이 얼굴을 감싸
는 대기 안에서 수개월간 울린다. 그러고 나서야 울음
소리가 언어로 바뀐다. 신조차 과거에서, 태어나는 것
에서 유래하여 현재로, 태어나는 것으로 회귀하는 존
재이다. 탄식과 음악. 탄식은 울음소리의 변환mue이
다. 음악은 변환의 변환이다. 그것은 타가스테[73]의 아
우구스티누스가 쓴 《고백록》[74]의 탄식이다. *Distentio
est vita mea*(내 삶은 팽창이다). "나는 그 질서를 알지 못
하는 시간 안에 흩어졌다." 언제나 무엇이 순간을 찢는
다. 그리고 찢어진 것은 바로 나다. 내게는 불일치를 가

72 4세기 알제리 및 이탈리아에서 활동한 신학자이자 성직자.
73 북아프리카 지중해 연안의 작은 도시(현재 지명은 수크아라스)의
   로마시대 지명.
74 397~400년 사이에 총 13권으로 집필된 저서로 기독교의 주요 고
   전이다.

라앉히기 위한 일치가 필요하다. "이야기intrigue!",[75] 이 것이 울음소리가 언어로 변하는 순간 터져 나오는 외침이다. 내 삶은 오직 이야기récit로만 닿을 수 있는 대륙이다. 내 삶에 이르려면 이야기뿐만 아니라 서술을 확보하기 위한 주인공, 즉 'je(나)'라고 말하는 'moi(자아)'도 필요하다. 시간에 의한 시간의 할복을 무마하려면 멜로디—최초의 허밍, 아직은 무의미한 어머니 언어의 *cantus obscurius*(더욱 모호힌 노래), 실질적 지양분의 존재—도 있어야 한다. 노래, 즉 *mélos*는 기억과 관련 있다. 허밍은 우리를 집어삼킬 태세로 입을 벌리는 언어에 앞서 우리를 길들였다. 어린애의 음송은 멈출 때뿐만 아니라 다시 부를 때도 mélopée(선율)를 따른다.

*

이야기récit의 발명, 인간의 시간은 그것으로 요약된다. 멜로디의 발명은 인간의 업적이 아니고 이야기보다

---

75 궁여지책으로 '이야기'라 옮긴 'intrigue'라는 단어는 '줄거리, 플롯' 그리고 '간계, 계책'을 의미하며, 작가는 이 둘의 이중적 의미로 사용한 것으로 보인다.

앞선다.

*

이야기récit, 멜로디, 이것은 인간의 시간을 세상에 부여하는 힘이다. 역사, 물리학, 정치, 신들, 인간의 가장 기고만장한 이 모든 창조물은 최소한의 암송에 종속된 것이다. 그리고 특정 감각, 특정 먹잇감, 그 이미지, 운동성에서 느끼는 최초의 감정, 포획에 대한 욕망이 반복되는 최소한의 포식에 종속된 것이다.

*

모든 음악은 빈 서사이다. 그리고 모든 서사는 시간 안에 존재하며, 서사 자체는 지속(욕구불만, 굶주림, 욕망)을 길들이는, 즉 엄밀한 의미에서 거세로 귀결된다. 그리고 이야기histoire[76]—과거의, 미래의, 혹은 있을 법한 모든 이야기—는 이야기récit 형식에 얽매이고, 인류 이

76 '(지어낸) 이야기'라는 의미 외에 '역사'라는 뜻도 있다.

전의, 음악 이전의, 춤 이전의, 언어 이전의 가장 오래된 설화conte의 형식적 조건과 심리적 기능에 호응하며 포식 자체를 헛되이 되풀이한다.

*

소설? 이야기histoire? 성경?

　한 송이 꽃이 도정道程을 반복하는 번통 속의 꿀벌

*

목소리는 시간 안에서 울린다. 시간 안에서 남성의 목소리는 두 조각으로 나뉜다. 마치 두 개의 시간과 같다. 남성의 목소리는 목소리로 체화된 시간이다.

*

시간성은 서사의 유형으로 분절되지 않으면 인간의 것이 될 수 없다. 즉 행위, 실재, 줄거리, 사냥 장면은 이미 언어로 이루어진 이야기récit다. 하지만 실제 행위는 그것이 그 자체로 먹잇감으로 추구될 때, 언어적 탐색이나 서사적 사냥의 형태로 모색될 때 비로소 '실현된' 것으로 느껴진다. 말하자면 그것은 저작咀嚼에 소요되는 템포이다. *Praedatio lingua*(언어의 포식)는 바로크 음악의 서사에 가장 가까운 템포이다. 따라서 줄거리 없는 소설이나 멜로디 없는 음악에 대해 우리는 과장되게 말할 수밖에 없다. 전체 이야기가 수렴되는 결말은 덥석 물기, 합의, 상아 건반의 꽝 소리에서 결코 완전히 벗어나지 못한다. 무성無聲의 모든 행위에는 언어로 서술되는 이야기에 대한 간청이 들어 있다. 모든 고통은 복수를 부르짖으며 세상에서 오직 이야기만을 요구한다. 가상의 집어삼킴. 어느 종교나 그러하다. 턱을 움직이지 않는 신이란 없다. 신이란 그런 것이다. 위아래 턱뼈가 닫히고 선혈이 흐르면 그 낭자한 핏자국에 들러붙는 추종자 무리가 생겨나야 신이 성립하기 때문이다.

*

이것이 내가 말한 꿀벌들이다. 정원에서다. 여름이 짙

어지며 계속 농익어갈 무렵이다. 꿀벌들이 식탁에 남은 블랙베리 잼의 흔적 주위로 끊임없이 게걸스럽게 돌아온다. 붕붕거리고, 다가오고, 춤을 추고, 꿀을 뚝 떼어내더니, 윙윙거리며 멀어진다.

*

음악의 몫으로 주어진 시간은, 시간에 의해 다듬어진 시간이고, 시간을 휘젓는 시간으로, 시간의 속성 자체가 제공하는 수단으로 시간에 맞선다. 음악은 다소 회귀하는 시간의 수정본이다. 음악 안에서 시간은 자신에게로 돌아오는 것처럼 보이고, 자신의 기원보다 더 멀리 회귀하는 듯하다. 자신이 존재하지 않았던 시간에 대한 향수를 느끼는 듯하다. 그러는 동안 음악에서 이루어지는 시간의 상실은 견딜 만한 것이 아니라 바람직한 것으로 바뀐다.

*

인간의 시간 안에서 음악은 시간의 **유령**이다.

*

열세 살이나 열네 살에 목소리를 잃었으므로, 음악의
청자는 상실의 움직임에 자신을 맞춘다. 어떤 시간이
그의 환심을 사려고 한다. 그를 좌절시키고 기쁨을 빼
앗고 죽음에 이르게 하는 것이 그의 비위를 맞추려고
한다. 인간에게서 가로채는 것이면서 인간과 연관된
것이 갑자기 관용을 베풀며 선물처럼 군다. 이 점이 바
로 음악 특유의 기능을 다소 고약하게 만드는 역설이
다. 우리는 음악이 블랙 유머로 만들어진 것 같아 돌연
강력히 거부하고 싶어진다. 그것은 충치 위에 살짝 올
려놓는 각설탕의 부서진 조각이다. 음악은 청자의 귀
에 이렇게 속삭인다. "시간을 바라봐! 어린애 놀이를!
비르투오조의 솜씨를! 회귀하는 것을! 들어봐! 시간은
아무것도 아냐! 죽음도 쾌락의 기회일 뿐이거든!"

*

"길어!", 아이가 음악에게 대꾸한다. "길어, 너무 길어.
가자, 언제 갈 거야?" 아이가 끊임없이 되풀이해 말한

66

다. 독일어로 권태는 '긴-시간'이다.

*

"긴 시간이야! 우리 뭐 할까? 무슨 놀이를 하지?" 갑자기 홀로 남겨진 아이들이 수군거린다. 아이들이 주고받는 속삭임은 번역이 가능하다. 이런 말일 것이다. "시간을 메울 수 있을 만한 진짜 욕망을 어디서 찾을 수 있을까? 세상의 어느 지역에 혹은 방의 어딘가에 욕망이 놓여 있을까? 끊임없이 찾아오는 배고픔을 위해 쉴 새 없이 차려지는 식탁은 어디 있을까? 시간의 모든 공백을 채울 만한 활동과 혈기는 어디 있을까?"

*

Langeweile(권태)은 일종의 공허하고 무기력한 기분이다. 하지만 권태의 나른함은 분노의 얼굴에 들러붙은 가면에 불과하다. 지루함으로 위장된 분노는 가장 흔한 것으로 유성有性 분화와 죽음에 따른 분노이다. 더 단순히 말하자면, 우리가 알지 못하는 무엇을 기다린다는 사실에 대한 분노이다. 변성으로 배반되고 표현되는 기다림. 음악은 조바심과 분노라는 동일한 얼굴에 쓰인 또 하나의 다른 가면이다. 음악은 망보기를 좋은—적어도 동일한 것이 회귀하므로—것이라고 말한다. 조화로운—최소한 하모니에 의해 순간적으로 일치하고, 멜로디를 통해 시간적으로 일치하므로—것이라고 말한다. 우리는 알지 못하는 것을 기다리지만, 모른다는 사실을 인지하고 있으며, 무엇인지 모르는 채로, 그렇다고 그것이 완전히 미지의 것은 아니라서 사라지고 회귀하는 감미로운 것이며, 사라지면 반드시 돌아온다는 사실쯤은 알고 있다.

*

매우 주의 깊게 기다림에 귀 기울이기. 주의 깊게 음악을 듣기. 그것은 긴 시간의 한순간을 운명의 은혜로 만드는 일이다. 일종의 시간 기다림을 통해 시간과 즐기는 일이다. 권태를 즐기는 일이다.

*

"너무 길어!"라는 아이의 불평에 음악이 답했다. "시간이 길다는 데 동의해. 하지만 나는 탐나는 것이 멀리 있을 때 기쁨을 느끼거든." 아이에겐 놀이jeu가 음악보다 훨씬 효과적이었다. 하지만 음악이 연주되었다 jouée. 음악은 스스로 즐기고joue, 듣는 이에 의해 즐겨진다se joue. 우리의 내면에서 주어진 시간에 아랑곳없이 영원히 노닐고 있다joue.[77]

---

77 'jouer'의 다중적 의미(놀다, 놀이하다, 연주하다 등)를 이용한 말의 유희.

제4부

에브라르 티통 뒤 티예가 높이 평가했다. 마레도 보았다. 데포르트[78]의 화폭을 말이다. 마레의 세 번째 비올 책이 출간된 당시의 색과 형태며 음영들이 캔버스에 배치되어 있었다. 오른쪽에는 저음 악기가, 줄감개[79] 옆에는 오렌지가 담긴 접시가, 아래로 악보집 한 권이, 복숭아들 언저리에는 트럼프 카드와 코코아 주전자가, 그리고 카드와 오렌지 껍질에 가려진 코코아 잔들이 그려져 있다.

그런데 이제 마레의 음악은 더 이상 주목을 받지 못한다. 마레의 음악을 제치고 들어선 음악이 대세이다. 그 음악에 가려 늙어가는 그는, 에브라르 티통 뒤 티예의 말에 따르면, 몹시 감정이 상한 듯이 침묵을 지킨다.

78 18세기 프랑스의 화가.
79 현악기의 줄 따위를 감거나 푸는 기구.

*

그는 지고의 명성을 누렸다. 그는 예술의 도구로 잊힌 악기를 선택하지 않았다. 오히려 변성을 겪은 아이였던 그가 잊으려고 했던 것은 바로 향수이다. 그는 예술의 도구로 저음 악기인 비올라 다 감바를 선택했다. 그런데 이 악기는 그로 인해 실제로 잊히게 되었다. 그 외 비르투오조 기량, 고통을 평화로 승화시킨 현란한 기교, 목소리에 필적할 만한 활력 넘치는 아름다운 표현들, 요컨대 그의 곡들이 지닌 엄청난 난해함 때문이었다. 그의 작품 중에서 가장 아름답고 아마도 가장 난해한 곡에 붙여진 제목은 '인간의 목소리들Les Voix humaines'이다.

*

동시대인 모두가 노년의 음악가가 돌연 빠져든 느닷없는 침묵에 주목한다. 루르신 거리의 집 정원에서 카네이션과 하얀 튤립과 느릅나무를 바라보는 노쇠한 음악가의 침묵이 비밀처럼 묘사된다.

두 번째 버전이 더 일반적이다. 1699년부터 코렐리[80]
가 비올을 바이올린으로 대체하면서 후자가 전자를 능
가했다. 우리 자신의 무지가 조심스레 포함된 세 번째
버전은 비올라 다 감바가 프랑스 혁명 이후에 잊히면
서 이 악기를 위해 작곡한 이들의 기법과 기억도 함께
잊혔다는 것이다. 어쨌든 네 번째 버전도 가능하다. 루
소의 말이다. "마레 자신과 젊은 앙투안 포르크레[81]가
아니라면, 프랑스에서 누가 그 곡들을 연주할 수 있었
겠는가?" 이렇게 말해야 하리라. '인간 목소리의 전 음
역에 필적하려는 의도로서 극도로 벼려진 마랭 마레의
기교는 악기의 쇠퇴와 고통의 망각을 초래했다고.

*

'인간의 목소리'는 그 자체로 울부짖음으로 시작되는
소나타이다. 옹알이와 혀짤배기소리 사이에 걸쳐 있

80 이탈리아의 작곡가이자 바이올린 연주자.
81 프랑스의 작곡가이자 비올의 거장.

다. 그 후에는 불안으로 인한 백색의 목소리, 편집광의 금속성 음색이 나타난다. 조난으로 인한 끔찍한 실성失聲이다. 우울증 환자의 둔탁한 저음의 무딘 목소리다. 마침내 임종의 순간 노인의 기명 날인 없는 목소리가 뒤따른다.

*

1270년 숀가우[82]의 수도원장 라이히헬름 성인은 공기 중에 우글거리는 기체와 악령을 상세히 설명할 수 있었다. 그는, 대기에 영혼들이 가득 차 있으므로 모든 소리—폭포, 돌멩이, 천둥, 바람, 살랑거림, 나뭇가지들의 지저거림—는 그들의 뒤섞인 목소리일 뿐이라고 단언하면서, 그 목소리를 달래기 위해, 혹은 청자聽者의 위험을 무릅쓰고서라도 목소리를 제 옆으로 소환하기 위해, 혹은 목소리를 죽음으로 완전히 쫓아버리는 득을 보기 위해서는 좋은 음악이 많이 필요하다고 말했다.

숀가우의 수도원장이 보기에 음악의 작용은 완전히

82 독일 바이에른주의 도시.

양가적이었다. 비, 우박, 천둥, 어떤 존재의 목소리에 대한 기억을 불러일으키는 것은 아버지와 아들처럼, 원인과 결과처럼, 시선과 손手처럼 결속된 많은 소리를 유발하는 것이기도 하다. 손가우의 수도원장은 "반려견이 짖는 소리와 주인이 부르는 소리처럼"이라고 표현했다. 그는 또 이렇게 물었다. "음악을 할 때 우리는 자신이 하는 일에 대해 무엇을 아는가?" 현악기는 사라진 목소리의 정령, 뼈와 몸뚱이와 살가죽의 형태 자체를, 자신을 구성하는 요소들의 소재 안으로 불러들였다. 모든 소리는 숨결이 저버린 몸뚱이를 죽음에서 소생시켜 숨결의 경이를 회복시킨다. 모든 것이 신성한 침묵에서 벗어난다. 음악은 살아 있는 자를 유혹하기 위한 것이다. 제 그물 안으로 사랑, 증오, affetti(애정) 같은 공기의 정령을 다시 불러들이는 예술이다. 소리는 정령을 호출하고 정령은 소리를 흉내 내거나 목 놓아 부른다.

*

마레는 루이 14세가 총애하던 비올라 다 감바 연주자

였다. 히로마사[83]가 무라카미 천황[84]이 총애하던 비파 연주자였듯이 말이다. 마레는 자신이 오두막에 귀를 바싹 대고 알아낸 비밀을 아들들에게 전수하지 못했다. 왕은 마랭 마레의 세 아들을 따로따로 불러 비올 연주를 듣고 난 후에 이렇게 말했다. "짐은 자네 자식들에 대해 매우 만족하네. 하지만 자네는 변함없이 마레이고, 그들의 아버지일세."

*

자연은 무의미한 산〔生〕 것을 생산한다. 예술은 유의미한 죽은〔死〕 존재를 생산한다. 이것이 마랭 마레가 '인간의 목소리'라 불렀던 것이리라. 즉 잃어버린 목소리를 소리쳐 부르는 악곡, 혹은 불가능해진 목소리를 기획하는 악곡.

*

---

83 源博雅(918~980). 헤이안 시대 중기의 사성황족이자 가가쿠雅樂 음악가.
84 村上天皇(926~967). 일본의 제62대 천황.

마레는 예순아홉 살이 되자, 젊은 왕 루이 15세에게 은퇴를 청했다. 생마르소 교외의 루르신 거리로 물러났다. 마랭 마레는 뽕나무 가지들을 좋아했고, 꽃들을 좋아했다. 변성은—땅속 나무뿌리의 분기가 하늘로 뻗어오르는 나뭇가지의 증식과 대칭을 이루듯이—성문聲紋과 소리의 잎들을 공중에 돋아나게 하는데, 그것은 흡사 반영과도 같고, 고환 및 성性적 체계가 지닌 더 칙칙하고 붉어지는 일종의 얼굴과도 같은 것이다. 다음은 전쟁위원 티통 뒤 티에의 말이다. "마레는 죽기 3~4년 전에 생마르소 교외의 루르신 거리의 집으로 물러났다. 그곳의 정원에서 식물과 꽃을 가꾸었다. 그럼에도 생탕드레데자르크 동네의 바투아르 거리에 **작업실** 하나를 임대했고, 거기서 **비올**의 연주 실력을 향상시키려는 사람들에게 일주일에 두세 번 레슨을 했다."

*

내게 음악의 본질이란 무엇인가? 죽어가는 티베리우스[85]가 내뱉는 숨 막히는 소리이다. 그는 마크로[86]가 양손으로 누른 두 개의 베개 사이에서 짓눌려 질식했다.

*

시간에는 세 개의 차원이 있다. 남성의 목소리에는 두
계절이 있다. 그 후에 남성의 목소리는 침몰된다. 대번
에 침묵에 빠진다. **신**은 영원하다. 그는 어린애였다. 소
프라노였다. 아직 언어를 알지 못했다. **신**이었다. 구유
안에 있었다. 그들이 왔다. 동방박사라 불리는 자들이었
다. 모두 셋이었다. 그들은 어린 왕에게 아쉬워한 과거
를 바쳤고, 그리하여 그는 고통을 받았다. 욕망할 미래
를 바쳤고, 그리하여 그는 고통을 받았다. 그 둘에 짓눌
리도록 현재를 바쳤다. 그리하여 그는 고통을 받았다.

*

생트콜롱브가 연주하던 뽕나무 위에 지은 오두막 밑
에는 한 남자가 몸을 웅크렸던 자리가 있었다. 나무통
구유 안의 소프라노 신처럼 말이다. 바닥, 낡은 칸막이,
옷, 피부. 이것은 매트들이다. 이것은 황제의 자리이다.

85 로마 제국 제2대 황제.
86 로마의 근위대장.

77

영혼은 현악기들 안에서 소리의 두 격막이 서로 짓눌리지 않게 제어한다. 마랭 마레의 마지막 작품들은 소실되었다. 비올을 위한 마지막 독주 모음곡, 바이에른의 선제후[87]에게 헌정된 바이올린과 비올을 위한 협주곡, 두 대의 비올을 위한 마지막 모음곡……

*

프랑수아 쿠프랭은—사망 후 재산 목록에 따르면—마레의 비올 악보집들을 소유하고 있었다.

*

바흐는 마레의 작품을 예찬했다. 바흐도 그의 비올을 위한 모음곡집을 여러 권 가지고 있었다. 바흐의 〈마태수난곡〉은 마레 스타일로 기보되었다. 당시의 고상한 기호로: Komm, süsses Kreuz(오라, 달콤한 십자가여)……

---

87 바이에른 선제후(재위 1679~1726)였으며, 스페인령 네덜란드의 마지막 총독이자 룩셈부르크 공작이었다.

*

첫 번째 베개 위에서 티베리우스는 온몸을 버둥거리며 부들부들 떨었다. 두 번째 베개가 황제의 늙은 목젖을 눌러 고통의 신음 소리를 약화시켰다. 목소리가 변했다. 마크로의 양손은 죽어가는 황제의 울부짖음을 거의 아득하고 유순하게, 마치 어린애의 소리처럼 들리게 만들었다.

*

첫 번째 베개는 리듬을 규정짓는다. 두 번째 베개는 음의 강도를 규정짓는다. 황제가 내쉬는 숨은 멜로디를 규정짓는다. 마크로는 연주자의 이름이다.

마케도니아 청년이
피레아스[1] 항구에 내리다

1 그리스 아테네 중심부에서 남서쪽으로 약 12킬로미터 떨어진 도시.

마케도니아의 한 청년이 피레아스 항구에서 하선한다. 할키디키[2]에서 오는 길이다. 나이는 열여덟이다. (때는 기원전 366년이다.) 베저[3] 강변 출신인 푸른 작업복 차림의 늙수그레한 하역 인부에게 길을 묻는다. 그는 한 무리의 상인들 사이를 비집고 지나간다. 코논[4]이 세운 장성長城[5]에 다다른다. 도시로 들어선다. 지독하게 삐쩍 마른 그는 짐이라곤 물빛 녹색 천 보따리가 전부라 활기차게 걷는다. 마케도니아 법원이 모든 사안을 도맡아 처리했다. 그의 아버지는 사망했다.

---

2 '칼키디케'라고도 발음한다. 그리스 중앙마케도니아주의 남동쪽에 있는 반도.
3 독일 북서 지역을 흐르는 강.
4 펠로폰네소스 전쟁 말기에 고대 아테네 해군을 이끈 제독.
5 아테네의 주요 도시와 피레우스 및 팔레론의 항구를 연결하는 성벽.

그는 이소크라테스[6] 학파로 가지 않고, 마케도니아 진영의 재정 지원을 받는 플라톤 학파로 간다. 학파의 명칭은 아카데메이아[7]이다. '아카데메이아'란 아테네 서쪽에, 세라믹 지역[8] 너머에 있는, 영웅 아카데모스[9]의 무덤을 에워싼 울창한 올리브나무와 플라타너스 숲을 의미한다. 그는 걸음을 늦춘다. 그늘진 곳을 가로지른다. 대형 김나시온[10]이 나타난다.

그가 안으로 들어간다. 그리스어로 말한다. 실망한다. 아테네인이며 아리스톤의 아들인 플라톤 원장이 부재중이다. 그는 시라쿠사[11]의 궁정에 가 있다. 크니도스[12] 출생의 수학자 에우독소스[13]가 그를 맞이한다.

---

6 고대 그리스의 변론가이자 수사가로 아테네에 변론술 학교를 세웠으며 변론을 산문예술의 한 분야로 승화시켰다.
7 기원전 387년 무렵 플라톤이 아테네 교외에 개설한 철학학원.
8 아테네의 도기 제조인들이 모여 있는 지역.
9 그리스 신화에서 전화戰禍에 빠진 아테네를 구한 영웅. 아테네인들이 교외의 올리브나무숲에 그의 이름을 붙여 아카데메이아라 불렀는데, 훗날 플라톤이 이곳에서 철학을 가르치면서 교육기관의 명칭이 되었다.
10 주로 청소년들의 신체 단련을 위해 도시 외곽에 설치한 공공장소로, 아카데메이아와 같은 것이라고도 하고, 그 옆에 지어진 것이라는 설도 있다.
11 이탈리아 시칠리아섬의 고대 그리스 도시.
12 아나톨리아에 있던 고대 그리스의 도시
13 기원전 4세기의 고대 그리스의 수학자, 천문학자로 플라톤의 제자이다.

그는 1년간 에우독소스의 가르침을 받는다.

갑자기 원장이 돌아온다. 그의 나이 예순셋이다. 지쳐 보이는 네모진 얼굴이다. 그날 저녁 바로 에우독소스는 마케도니아 청년을 소개한다.

"스타게이라[14] 출신의 마케도니아인이며, 니코마코스[15]의 자제인 아리스토텔레스입니다."

청년은 원장에게 인사한다. 그레네 사제의 단언에 따르면, 플라톤에게 첫인사를 드릴 때 새파랗게 젊은 아리스토텔레스의 목소리는 낮고 쉰 듯했다고 한다.

*

아리스토텔레스는 《동물의 역사》,[16] 제7권 1장 581항 a에 이렇게 기록했다. "남성의 경우 정액은 대개 새롭게 철이 드는 연령[17]인 14세부터 나타나기 시작한다. 그와

---

14 할키디키반도 동쪽 해안 부근의 고대 그리스의 도시. 아리스토텔레스가 태어난 곳이다.

15 아리스토텔레스의 아버지. 마케도니아 왕 아민타스 2세의 궁중 의사였다.

16 생물학의 주요 문헌 중 하나이다.

17 프랑스에서 일곱 살은 분별력이 생기는 '철드는 나이l'âge de raison'라고 불린다. 그러므로 열네 살은 '두 번째로 새롭게 철드는 나이'이다.

동시에 생식기에 음모가 자란다. 식물이 씨앗을 맺기 직전에 먼저 꽃부터 피우는 것과 마찬가지다. 이는 크로톤[18]의 알크메온[19]의 지적이다. 거의 동일한 시기에 목소리도 변성이 시작되어 더 쉰 듯하고 더 고르지 못한 음역으로 넘어간다. 목소리는 아직 저음은 아니지만 더 이상 고음이 나지는 않는다. 더 이상 온전한 목소리가 아니다. 한결같은 음성이 아니다. 마치 현이 느슨해져 걸걸한 소리를 내는 악기를 연상시킨다. 소위 **염소처럼 매애매애 운다**는 떨리는 목소리다. 비슷한 시기에 마찰을 이용해 정액의 유출을 부추기는 청소년은 사정이 일어날 때 고통과 분리되지 않는 쾌락을 느끼기도 한다."

*

그의 글이다. "*ò kaloūsi tragízein*(우리는 그것을 변성하기라 부른다)." 축어적으로 옮기면 "우리는 그것을 염소처

18 고대 그리스 아카이아의 식민지.
19 기원전 5세기경 고대 그리스의 크로톤에 살았던 의학 저술가, 철학자, 과학자.

럼 매애매애 울기라 부른다."

그리스인들은 비극을 창안했다. 프랑스어 tragédie (비극)는 그리스어로 *tragôdía*이다. *tragôdía*는 축어적으로 '염소-의-노래'라는 뜻이다. *tragízein*에는 두 가지 의미가 있다. '염소 냄새를 풍기다'와 '목소리가 변성하다'(염소처럼 혹은 염소 냄새를 떠올리게 하는 사람처럼 노래하다). 그것은 갑자기 나팔처럼 가파르게 울리는 울퉁불퉁한 목소리디. 시리진 프랑스이 고이로는 chèvreler라 하고, 현대 프랑스어로는 chevroter라고 하는 동사의 의미[20]이다.

*

봄이 막 시작되었다. *tragôdía*(비극)는 숫염소의 노래이다. 예배 행렬에 참가한 마을 사람 모두가 노래를 불렀다. 플루트와 오보에 연주자들이 노래를 반주했다. 마을 사람들은 곤두선 남성 성기의 큼직한 모형을 들고 있었다. 당시에 합창대를 이끌었던 사람은 아이스킬로

---

20 자동사로는 (염소가) '매애' 하고 울다, 타동사로는 ……(을) 떨리는 목소리로 말(노래)하다.

스[21] 혹은 소포클레스[22]였다. 첫날에는 황소를 제물로 바쳤다. 경연(합창이 무엇인지, 춤이 무엇인지, 연극이 무엇인지 아직 분리되지 않았다)에 앞서 새끼 돼지를 제단에 바쳤다. 그들이 춤이라 부르는 것은 황토 항아리의 행렬, 갑옷의 퍼레이드였다. 그들은 춤을 추었다. 즉 발을 굴렀다. 마침내 나팔 소리가 울렸다.

*

당시에 *théatron*은 '관람하는 장소'를 뜻했다. 당시에 *orchéstra*는 '춤추는 장소'를 뜻했다. 당시에 *skèné*는 가면을 바꾸거나 의상을 갈아입는 나무 오두막을 가리켰다. 그곳은 허물 벗기mue의 장소이다. 사슴의 뿔이 빠지는 것을 프랑스어로 'muer sa tête(뿔갈이를 하다)'라고 하는 것과 마찬가지다.

---

21 고대 그리스의 대표적인 비극 작가. 소포클레스, 에우리피데스와 함께 3대 극작가로 불린다.
22 고대 그리스의 비극 작가.

*

플루트와 오보에 연주자는 희생물 제단 옆에 서 있었
다. 새끼 돼지의 목을 벤 곳이다. 제단은 오케스트라 중
앙에 있었다. 플루트와 오보에 연주자만 유일하게 가
면을 쓰지 않았다. 하지만 그는 플루트에 가려져 있다.
그는 오늘날 '비극적 합창'이라 부르는 것을 반주했다.
즉 큰 소리이 '트레몰로'인 염소의 노래를. 즉, 이렇게
말해도 좋다면, 변성을.

*

그리스인들은 그곳을 '극장', '시선의 장소'라 불렀다.
왜냐하면 이 염소 노래 의식이 진행되는 동안 마을 주
민 전체가 합창단과 그들 자신으로 나뉘어 스스로에
게 말을 했다. 스스로의 모습을 바라보았다.
  이윽고, 시간이 되자, 발을 구르며 노래하는 합창단
과 제단 주위에 모인 공동체 사이에서 독창 파트가 분
리되었다. 합창대의 송가에서 독창 소리가 솟아올랐
다. 그러자 제물로 바쳐진 돼지를 둘러싸고 부르는 애

가의 합창 소리 너머로 사람들이 앞으로 나왔고, 목소리들도 풀려나왔다. 독백과 합창이 호응했다. 그들은 아주 오래된 전설들에 대해 이야기했고, 점점 더 논란의 여지가 있어 보이는 점들을 놓고 겨루었다.

이 변성mue─그리스어로는 염소의 노래, 비극─은 뮈토스*muthos*[23]에서 로고스*logos*[24]로의 변환mue이었다. 이것은 최소한 이상한 의식을 치르고 나서 그들이 한 말이다. 이런 부류의 대중 법정과 발 구르기, 노래를 곁들인 희생 제의, 이런 부류의 경연, 폭력 및 전설의 이해 가능성에 관한 연구가 3세기 채 못 되게 지속되었다.

*

배우라는 말도, 사제라는 말도, 희생자라는 말도 적합하지 않다. 합창단과 모인 마을 사람들 사이에서 최초의 독창자들은 메가폰 가면을 쓴 자들이었다. 플루트와 오보에 연주자들의 맨얼굴과 대조적이었다. 가면은 변성처럼 목소리를 변형시켰다. 가면은─단 한 차례의

23 아득한 과거의 집단적 기억을 전해주는 신화의 언어.
24 이성과 진리의 언어.

공연 후—디오니소스 신의 조각상에 헌정되었다. 가면이 동물 형태는 아니었던 듯하다. 어떤 가면도 남아 있지 않다.

*

아리스토텔레스는 비극을 좋아했고, 비극 이야기라면 모조리 알고 있었다. 아이스킬로스가, 3월의 어느 화창한 날, 주변의 대중이 아닌 별도의 대화자를 고안한 최초의 주창자였다고 기록한 것도 아리스토텔레스이다.

*

3월의 마지막 날들. 라틴어로 봄은 *ver*이다. *tragízein*과 마찬가지로 *ver*는 숫염소처럼 굴기, 숫염소처럼 냄새나 노래에서 라틴어의 *vernatio*—뱀들이 봄에 허물 벗기를 한 다음 벗어놓은 껍질을 가리키는 단어—를 발산하기다. 나는 이 말이 의미하는 바가 '봄-만들기', '다시 푸르러지기', '외피- 바꾸기'라고 짐작한다.

*

극장과 '외피 바꾸기'는 관련 있다. 이것이 아마도 그리스어로 'muer(변성하기)'가 아주 희한하게도 '희생물의 비명 소리로 변하기'로 불릴 수 있었던 이유일 것이다. '희생양의 울음소리로 변하기', 게다가 그렇게 부를 희생물이 부재하는데도.

〈판관기〉[25]에 속하는 아주 오래된 논증을 이용해보겠다. 연기가 **하느님**의 코로 올라가듯이 울부짖는 기도 소리는 그분의 귀에 가닿는다. 둘 다 희생물 위의 공기를 통해 전해진다. 메스꺼운 냄새와 울음소리가 동일한 매개물에 의해 전달된다. *vernatio*(허물 벗기)라는 의미에서의, 음성의 변환이라는 의미에서의, 대립된 성性이라는 의미에서의, 남성 욕망의 특징적 변환mue이 잠재된 의미에서의 변성mue, 그 점이 바로 비극이다.

---

25 《구약 성경》의 일곱 번째 권. 개역성경을 비롯한 대부분의 개신교 성경에는 〈사사기〉라고 번역되어 있다.

13세기 말 제노바 부근에서 야코부스 데 보라지네[26]가 스코틀랜드의 전설을 기록한다. 도둑이 양 한 마리를 훔쳐 먹었는데, 양이 자신을 먹은 도둑의 배 속에서 울음소리를 낸다. 희생물이 절도를 까발린다. 음식이 자신을 먹어치운 자에게 맞선다.

사내아이가 변성에 이르면, 고대 그리스에서는 숫염소의 울음소리가 남성의 결정적 희생물을 폭로하는 것으로 여긴다. 유혈이 낭자한 연회의 제물이 신도들의 몸 안에 가득 들어차는 것은 유대교와 기독교 전설에서 아담의 목에 사과 한 조각이 박히는 것과 완전히 똑같다. 메마른 유방에 비견될 만한 남성의 변성이 일어나는 시기에 목 중앙에 불거지는 목울대를 기독교인들이 'pomme d'Adam(아담의 사과)'이라고 불렀듯이, 고대 그리스에서는 남자가 되는 바로 그 순간 사내아이의 몸 안에 시간을 초월하여 늙지 않는 염소가 나타나 울음소리를 낸다고 했다.

---

26 중세 이탈리아의 연대기 학자. 《황금 전설Legenda Aurea》의 저자.

*

변성mue을 뜻하는 그리스어 단어는 야릇하다. puer(악취를 풍기다)라는 단어와 발음이 같다. 프랑스어 단어 mue도 의미가 명확하지 않아서 외피 재생뿐만 아니라 외피 폐기물을 뜻하기도 한다. 에밀 막시밀리앵 리트레[27]는 muer라는 동사가 자발적 행동이 아닌 한, 상태를 표현하려면 조동사 être를 사용하는 것이 바람직하다고 단언한다. 우리는 12~14세 사이에 '변성을 했던 게 아니라Nous n'avons pas mué' 그 시기에 '변성된 상태로 변한Nous sommes mués' 것이기 때문이다.

리트레는 덧붙여 인간의 경우에 외피의 지속적 박리는 '느낄 수 없는 진짜 변환mue'이라고 말한다. 이런 생각은 인간의 죽음을 가을 나뭇가지에 매달린 잎들이 떨어지는 것에 비유한 호메로스만큼이나 오래된 것이다. 마찬가지로 인간의 자녀들은 성적 성숙기에 목소리에서 낙화를 경험한다. 변성의 대상이 된 아이는 늘 제 목소리와 함께 있기 때문에 그 놀라운 변화를

27 19세기 프랑스의 유명한 사전 편찬가.

느끼지 못하고, 그것에 대한 예리한 기억을 유지할 수도 없다. 이 비자발적 난청은 그가 계속해서 제 목소리를 듣고 자신과 잘 지내기 위해 사용하는 유일한 수단이다. 이 희생은 털 없이 맨송맨송한 배[腹]의 기억만큼이나 자기 검열을 하는 자들의 것이다.

*

우리의 머리카락과 손톱 발톱은 개인의 죽음을 초월하는 끊임없는 허물 벗기의 대상이라고 한다.

*

때로는 어떤 이들이 집필하는 책에 대해서도 그런 말을 한다. 어떤 이들이 작곡하는 소나타에 대해서도 같은 말을 한다.

*

디오게네스 라에르티오스[28]가 전하는 바에 따르면, 아
리스토텔레스는 죽기 몇 달 전에 조각가 그릴리온[29]에
게 조각상들을 주문했다고 한다.

*

어린아이 니카노르[30]의 입상 하나. 니카노르 어머니의
입상 하나.

*

나이가 들자 그는 독서를 그만두었다. 살아 있는 모든
것을 관찰하는 데 열중했다. 지극히 거대한 대상, 모든
사변에 대한 사색, 사고思考의 끝에 있는 먹잇감 자체,

---

28 고대 그리스의 전기 작가.
29 기원전 4세기 고대 그리스의 조각가. 원서의 Grullion은 Gryllion
   의 오기이다.
30 아리스토텔레스의 양아들로 친아들의 후견인이었다.

그것이 실재le réel였다. 아마도 그는 최초의 사실주의자, 최초의 동물학자였다. 그는 피라만灣[31]에서, 미에자[32] 궁전의 정원에서, 철학학교 담장 안쪽에서 바라보았다. 우주는 마치 대형 *théatron*(극장) 같았다.

*

기원전 323년 알렉산드로스 대왕이 죽자, 여름 동안 아리스토텔레스는 재차 고발당한다. 그는 다시 한번 아테네를 떠난다. 야밤이다. 에비아섬[33]으로 도피해 어머니에게서 물려받은 할키디키의 사유지로 간다. 그의 나이 예순셋이다. 병이 든 그는 더 이상 버티지 못한다. 그것이 마지막 허물 벗기mue이다.

---

31 그리스 레스보스섬 해변의 만.
32 고대 마케도니아의 도시. 이곳에서 아리스토텔레스가 알렉산드로스 대왕을 가르쳤다.
33 에게해 서쪽에 있는 그리스의 큰 섬.

최초의 허물 벗기는 출생이다. 태어나는 자는 남은 허물을 최대한 제거한다. 남성의 목소리는 추락을 두 번 경험한다. 유년기에 발생하는 *spolium*, 즉 빠진 뿔, 외피, 털, 허물, 수피獸皮의 상실이다. 그것이 유년기의 '말-못 함non-langage'이다. 그다음은 노래이다. 목소리. 책. 소나타. 조각상.

　남성의 목소리는 두 번 희생된다. 한 번은 변성기에, 다른 한 번은 죽음에서다. 마지막 것은 경험될 수 없다. 그 장소도 몸이 아니라 묘지이다. 유년기 말에 나타나는 변성은 희생 자체의 부르짖음이다. 고대 아테네 남자들의 목소리에 염소의 노랫소리, 즉 *tragédie*(비극)가 찾아든다. 유년기의 겨울이 끝날 때 영락없는 염소 목소리, 즉 음성을 가파르게 깎아내리는 트레몰로가 지속적으로 나타난다.

　그들은 또한 사내아이의 목소리에 나타나는 파손을 환기하기 위해 꽃을 잃은 식물의 이미지를 사용했다. 그들은 이렇게 말했다. "남자의 목소리는 꽃이 시든 목소리다. 새롭게 철이 드는 14세 이후에, 그리고 죽음의 침묵 이전에."

*

우리가 대기권에서, 폐호흡에서 허물을 벗은muâmes
이후에 뒤따르는 울부짖음과 빛.

우리가 7년마다 두 번 허물 벗기를 한 이후에. 우리
가 연소처럼 매애매애 울기 시작한 이후에.

우리가 시간의 부재에서 허물을 벗기 이전에. 언어의
부재에서 허물을 벗기 이전에. 공간의 부재에서 허물을
벗기 이전에. 육신의 부재에서 허물을 벗기 이전에.

*

메디치 가문 시대의 피렌체 사람들, 루이 14세 시대의
파리 사람들, 바이마르[34]의 독일 사람들, 이들은 페리
클레스[35]가 살던 시기의 그리스인들 생각에 사로잡혀
있었다. 고통스러울 정도로 그들 생각에 빠져 있었다.

34 독일 튀링겐주의 문화도시.
35 고대 그리스 아테네의 정치가이자 군인.

존 키츠와 프리드리히 휠덜린과 프리드리히 니체는 고통 속에서 헤매었다. 중세 사람들도 마찬가지였다. 고통과 흡사한 이런 강박관념은 이제 사라진 듯싶다. 그런 일은 더 이상 거의 이해 불가이다. 나는 아테네인들의 증오에 짓눌리고, 스타게이라인들의 증오에 짓눌리고, 알렉산드로스의 증오에 짓눌린 채 에비아섬의 자기 집 정원에 조각상들을 쌓아두는 이 늙고 성마른 홀아비를 떠올린다. 그의 귀에는 십자가에 못 박힌 환관 헤르미아스[36]의 날카로운 비명 소리가 아직도 생생하게 들린다. 그는 레스보스섬[37]을, 어머니 파에스티스를, 피라만灣에서 해양 동물을 관찰하던 기억을 추억한다. 그는 일리소스[38] 강변에서 멀지 않은 리카베투스[39] 언덕배기의 자기 집을 좋아했다. 딸 피티아스를 불러들인다. 그는 죽는다.

36 환관이며 노예 출신의 참주. 아리스토텔레스와 함께 플라톤의 아카데메이아에서 수학한 동문.
37 에게해 북동부에 있는 그리스의 섬.
38 그리스 아테네의 강.
39 아테네에서 가장 높은 언덕. 해발 277미터이다.

*

문득 르누비에[40]의 죽음이 생각난다. 방다[41]의 말에 따르면, 르누비에는 죽기 몇 시간 전에 한 학생에게 흄[42]의 학설에 관한 주석을 받아쓰게 하다가 불현듯 이렇게 외쳤다고 한다. "아! 생각하는 게 이렇게 좋구나. 내가 곧 죽는다는 걸 잊게 되니까."

*

아리스토텔레스는 죽는다. 사실주의자가, 동물학자가 죽는다. 그는 빛을, 냄새를, 목소리를, 자기 자신을 찬찬히 떠난다. 변성된 목소리마저 뒤에 남긴다. 변성된 목소리는 덜 쉬고 덜 울퉁불퉁한 어떤 것 안에서 변한다. 남겨진 마지막 허물, 그것은 삶이다.

　육신이 갑자기 분해되더니 침묵으로 이동한다. 광물로 변한다. 실재le réel가 다가온다.

---

40 19세기 프랑스의 철학자.
41 19세기 프랑스의 소설가, 문화평론가이며 철학자.
42 18세기 스코틀랜드 출신의 철학자.

성련[1]의
마지막 음악 수업

1 成連. 백아伯牙에게 거문고를 가르친 스승.

옛 전설을 확장시켜보려고 한다. 나는 《유림외사》[2] 제2권 432쪽에 있는 장푸뤠이[3]의 해박한 주헤를 읽었다. 오경재[4]가 쓴 이 책이 1976년 프랑스어 판으로 출간되었다. 백아[5]의 전설을 둘러싼 꿈과 성찰에 내가 수를 놓아보려고 한다. 대화나 회상들은 꾸며낼 테지만 마지막 장면만큼은 전설에 나오는 그대로다. 바로 성련의 이 마지막 수업에 나는 매료되었다. 백아, 방자춘,[6]

---

2 《유림외사儒林外史》. 중국 청나라 시대의 사회 현실, 특히 타락한 지식인 사회의 본질을 파헤친 자전적 소설로 풍자소설의 최고봉으로 평가된다.

3 張腹蕊. 《유림외사》의 프랑스어 번역자.

4 吳敬梓(1701~1754). 《유림외사》의 저자. 등장인물인 두소경杜少卿은 작가 자신의 화신으로 여겨진다.

5 佰牙. 중국 춘추전국시대 거문고의 명인. 친구 종자기鍾子期가 죽자 자신의 거문고 소리를 이해하는 이가 없음을 한탄하여 거문고 줄을 끊어버리고 연주를 하지 않았다고 전한다.

6 方子春. 성련의 스승으로 알려져 있다.

성련은 실존 인물들의 이름이다. 성련은 춘추전국시대(기원전 722~481)에 살았다. '세상에서-가장-위대한-음악가'의 사부였다. 고대 중국의 학자들이 백아에게 '세상에서-가장-위대한-음악가'라는 칭호를 부여했다. 《악부해제》[7]에 따르면, 백아는 성련을 찾아가 가르침을 청하기 전에 이미 거문고를 5년간, 3현 비파를 4년간 익혔다고 한다. 성련은 그의 연주를 듣고 제자로 받아들여 3년간 기량을 닦도록 했다. 어느 날 아침 동이 트기도 전에, 성련은 백아에게 즉시 자신을 보러 악기실로 오라는 전갈을 보냈다. 왼쪽에 호롱불이 있었고, 그는 책상다리 자세로 앉아 침묵을 지키고 있었다.

갑자기 백아에게 말했다. "자네 거문고를 이리 주게나."

백아는 사부에게 절을 올리고 거문고를 건넸다.

"이 소리를 들어보게!" 이 말을 하면서 성련은 거문고를 머리 위로 들어 올리더니 바닥으로 내던져 박살

---

7 《樂部解題》. 알려진 바로는 당나라 오긍吳兢이 저술한 음악서 《악부고제요해樂府古題要解》와 같은 책으로 추정된다. 역사서와 경전 및 제가諸家의 문집에 보이는 한위육조漢魏六朝 시기의 악부시樂府詩를 수집하여 해설과 고증을 한 책.

을 냈다.

"이런 게 거문고 소리라니!" 성련이 말했다.

그것은 700년(기원전 2000년 말엽의) 된 거문고였다.

백아는 머리를 조아려 세 번 절을 올렸다.

성련이 말했다. "자네의 3현 비파도 이리 주게."

백아가 비파를 내밀었다.

"이 소리를 들어보게!" 성련이 말했다.

그는 비파를 앞에 놓고 일어서더니 그 위로 뛰어올라 한참 동안 지근지근 밟았다.

백아는 자신의 악기들이 사부의 발밑에서 난폭하게 짓밟혀 부서지는 광경을 바라보며 눈물을 흘렸다. 조금 있다가 성련이 악기의 파편들을 발로 차서 백아 쪽으로 밀어내면서 이렇게 말했다.

"이제, 음악을 연주하는 자네 방식에 좀더 감정을 실어보게!"

*

젊은 백아는 있는 대로 기가 꺾였다. 가진 것이라곤 엽전 몇 닢뿐이었다. 악기마저 잃었다. 한 번의 태음월[8]

동안 그는 곡기를 끊었고, 사부를 떠날까 망설였다. 수중에 있던 은냥銀兩[9]들은 이미 교습비와 숙식비 명목으로 모조리 성련에게 지불했다. 굴림屈林이 이따금 제 거문고를 그에게 빌려주었다.

*

태음월이 끝날 무렵 성련이 자신을 한동안 부르지 않았음을 알아차린 백아는 자진해서 사부를 보러 갔다. 그에게 절을 올렸다. 스승은 그를 옆에 앉히더니, 볶은 소고기와 꽃양배추를 고명으로 얹은 국수 두 사발을 내오게 했다. 그들은 젓가락을 집어 들고 먹었다. 국수를 먹고 난 성련은 술을 가져오게 해서 데웠다. 그들은 몇 잔을 비웠다. 마침내 백아가 사부에게 여쭈었다.

"제 거문고는 잠언이 생겨난 지 얼마 안 돼 제작된 오래된 것이랍니다. 제 부친께서 절세미인인 첩 셋을 주고 평 대부에게서 얻은 것이랍니다. 제 비파는 음악

---

8 보름달(초승달)이 된 때부터 다음 보름달(초승달)이 될 때까지의 시간.
9 중국의 옛 화폐 단위. 은 1냥(중량 단위로 약 50그램).

가 일곱 명을 거치며 연주되던 것이고요. 사부님, 무슨 연유로 그 악기들을 부순 겁니까?"

백아는 눈물이 가득 담긴 목소리로 말했다. '거문고' 와 '비파'라는 단어를, '사부님'과 '부친'이라는 단어를 발음할 때는 목소리가 갈라졌다. 불현듯 엄청나게 흐느낌이 복받쳤고, 그는 소매에 얼굴을 묻고 흐느꼈다.

"사부님!" 그가 절규하듯 외쳤다.

그리고 나서 두 눈을 문질렀고, 성련 앞에 엎드려 세 번 절했다. 성련이 답했다.

"여보게! 내가 악기들을 부술 때 이미 답하지 않았는가! 자네 연주 솜씨는 훌륭하네만 감정이 들어 있질 않아. 악기들을 부수고 나니 벌써 자네 목소리가 변했구먼. 불평을 듣자니 목소리의 떨림에서 이미 뭔가 노랫소리가 들려오는군. 자네는 감동을 주는 음의 강세를 자신에게서 끌어내기 시작했어."

성련은 소매에 떨어진 꽃양배추 부스러기를 떼어냈다. 그리고 말을 이었다.

"자네는 변성기의 아이와 흡사해. 입술이 유모의 젖가슴과 기녀의 유방 사이에서 머뭇거리는 아이 같다는 말일세. 입맛이 젖의 세계와 따뜻한 포도주의 세계

사이에서, 무성한 나뭇잎 위로 날아오르는 작은 새처럼 불현듯 솟구치는 목소리와 통나무나 노새에게 목쉰 소리로 왕왕거리는 나무꾼이나 짐수레꾼의 굵은 목소리 사이에서 머뭇거리는 아이와 흡사하단 말일세. 자네는 감정과 지식 사이에서 머뭇거리고 있네. 자네가 음악에 가까워지려면 아직도 할 일이 태산일세."

백아는 다시 세 번 절을 올렸다. 물러가려는 그를 성련이 만류했다. 그리고 다시 앉으라고 권했다. 성련은 백아에게 음악을 하게 된 동기를 물었다.

*

백아가 음악의 길을 택하게 된 데는 세 번의 계기가 있었다. 첫 번째는 겨우 걸음마를 할 때였다. 땔감과 쌀을 구하러 마을에 가는 하녀를 따라 작은 두 다리로 아장아장 호숫가를 걸어갔다. 호숫가에 쭉 늘어선 아름드리 버드나무며 둥그런 그늘을 난생처음으로 보았다. 가까이 다가가니 물기슭에서 소를 돌보는 한 젊은이가 책을 읽으며 중얼거리는 모습이 보였다. 버드나무 그늘은 둥글고 푸르렀다. 어마어마한 침묵이었다. 백아가 말했다. "물, 둥그런 그늘, 젊은이, 책, 소, 버드나무, 나무 몸통에 매어 있는 고삐, 이 모든 게 별다른 이유 없이 제 기억에 새겨졌답니다."

음악의 길로 들어서게 된 두 번째 계기는, 백아의 말에 따르면, 그로부터 9년 후 부친의 본처가 사망했을 때이다. 흰 천이 대문에 내걸렸다. '첫째 마님이 돌아가셨구나!'라는 생각이 들었다. 안으로 들어갔다. 향을 피우고 두 손을 모아 네 번 절을 올렸다. 무릎을 꿇고 이마가 마룻바닥에 닿을 때였다. 흔들리는 등잔불빛, 그림자들, 그리고 발들이 얼핏 보였다. 뒤이어 대형 등잔에서 기름이 방울방울 바삭거리며 타는 소리와 자신의 눈물이 마룻바닥에 떨어지는 소리가 동시에 들렸다.

그를 음악의 길로 이끈 세 번째 사건은, 백아의 말에 따르면, 난징南京에서 일어났다. 찻집에서 나오는 길이었다. 실내의 훈기, 신선한 찻잎과 꽃잎, 수질이 좋은 빗물이 주전자에서 보글거리던 기억이 아직 생생했다. 날이 몹시 더웠다. 찻집에서 나온 그는 얼굴과 엉덩이에 땀을 삐질삐질 흘리며 서당의 훈장 댁으로 가는 길을 따라 걸어가고 있었다. 갑자기 소나기가 쏟아졌다. 그는 덤불 속에 들어가 몸을 웅크렸다. 비가 엄청난 기세로 퍼부었다. 산채만 한 빗줄기들이 내리꽂혔다. 시커메진 하늘은 절세미인의 흑단 머릿결처럼 번득였다. 요란한 천둥소리에 그만 줄행랑을 치고 싶었다. 번갯불이 하늘의 두꺼운 어둠을 찢어내자 자연 한가운데에 있어 감히 바라볼 수 없는 무시무시한 자연, 즉 어둠 뒤편의 무시무시한 태양의 파편들이 설핏설핏 드러났다. 백아는 소매에 얼굴을 묻었다.

이윽고 침묵이 찾아들었고, 돌연 비가 뚝 그쳤다. 그는 다시 눈을 떴다. 그것은 세상을 비추는 새로운 빛인 듯했다. 새로운 빛, 그리고 말갛게 씻겨 형언하기 어려운 초록빛을 띤 나무에 서린 고요, 잎새에 맺힌 영롱한 진주들, 새파란 하늘 한 조각의 아름다움.

백아는 세 번째로 흥분했다. 흥건하게 젖은 새로운 평원과 한 번도 본 적 없는 색채를 그려낼 수 있는 것은 오직 하나의 소리〔音〕라고 주장했다. 그 소리는 침묵에 아주 가까울 것이라고 암시했다.

"틀렸네!" 성련이 냉담하게 대꾸했다.

그들은 서로를 바라보았다. 한동안 침묵했다. 잠시 후 백아가 음악을 하게 된 이유를 설명하자, 성련은 자기 코를 틀어쥐며 이렇게 말했다.

"자네는 아직 음악과 거리가 머네. 책 읽는 젊은이와 소가 자네를 음악에 더 가까워지게 한 게 아닐세. 음악은 비드니무에 숨겨진 것도 아니라네. 침묵도 아니야. 음악이 내는 소리는 침묵을 깨뜨리지 않는 소리거든."

성련은 약지를 만지며 이렇게 말했다.

"마찬가지로 기름방울과 자네 부친의 정실부인의 죽음 앞에서 흘린 눈물이 자네를 음악에 더 가까워지게 한 것도 아닐세. 음악이란 죽음이 아니거든. 설혹 삶은 아닐지언정 삶에 아주 가깝지. 삶에서, 삶으로 태어나는 것에서 아주 가까운 것이라네. 첫 번째 소리는 최초의 울음소리야. 그런 의미에서 음악은 삶에 뒤따르는 것이 아니라 앞선 것이지. 음악은 단음절들의 고안물보다 앞선 것이라네!"

성련은 중지를 내보이며 이렇게 말했다.

"끝으로 소나기가 그친 것이 자네를 음악에 더 가까

워지게 한 것도 아닐세. 자네 귀는 겁에 질려 있어. 음악은 소나기의 종료가 아니라 바로 소나기라네."

백아는 묵묵부답이다. 성련은 잠시 입을 다물었다가 다시 말을 이었다.

"자네가 말하는 동안 나는 자네의 목소리를 들었네. 단어들이 말하는 바가 가식과 공허가 아니라면 무엇이겠나? 억양이 의미하는 게 의도와 속마음이 아니라면 무엇이겠나? 자네 목소리는 음악을 하게 된 이유를 늘어놓는 동안 음악에서 오히려 멀어졌다네. 목소리가 차츰 강해졌거든. 목소리에서 떨림과 눈물, 음악이 사라져버렸단 말일세. 악기들은 어찌했는가?"

백아는 잔해들을 그러모아, 사각 비단 보자기에 싸 놓고, 소고기와 양고기와 돼지고기를 제물로 바쳤노라고 대답했다. 그리고 날마다 악기들의 관 앞에서 묵상을 했노라고 덧붙였다. 성련의 안색이 시뻘게졌다. 제자를 통렬하게 나무랐다.

"악기들의 관 앞에서 무엇을 빈다는 말인가? 악기는 이미 관이라네! 자, 이제 푸 집사에게 가서 엽전 한 꾸러미를 얻어보게. 그리고 악기 수리공을 찾아가서 내가 보냈다고 하게나. 부서진 3현 비파를 어떻게 하든

114

복원해달라고, 배가 쩍 갈라진 거문고도 어떻게 하든 수선해달라고 해보게나. 가장 단순한 악기들을 가지고 다시 음악에 매진해보게. 부서진 악기들이 생각나면 자네 목소리가 망가졌던 때를 떠올려보게. 잠언이 생겨날 무렵 자네의 거문고는 견과의 껍데기 같은 것에 지나지 않았다네. 껍질을 깨뜨려야 속살을 먹을 수 있지 않겠나. 음악에서 소리는 속살이 아니라는 점을 명심하게."

*

바로 그날로 백아는 제례 의복을 팔았고, 푸 집사를 찾아가 아버지에게서 받은 사각 비단 보자기 두 점을 담보로 잡혔다. 그런 다음 악기 수리공의 집으로 갔다. 몹시 연로한 노인이었다. 귀가 어두워 잘 듣지 못했다. 몸에 걸친 비단 옷은 찢어지고, 신발은 붉은색이었다. 백아는 악기들을 보여달라고 청했다. 그리고 숭고한 악기들을 보았고, 희한한 소리들을 들었다. 수리공의 작업실 한구석에 놓인 궤 아래에 일종의 시신으로 변한 악기들이 있었고, 그 위에서 아이들이 연습을 하고 있었다. 백아는 수리공에게 그 악기들을 보여달라고 청했다. 백아는 되살려내지 못한 낡은 악기들을 연주해 보았다.

"덕지덕지 기운 오래된 울음소리네요!" 백아가 웃으며 말했다.

놀란 악기 수리공이 휘둥그레진 눈으로 그를 바라보았다. 그의 눈이 젖어들었다.

"우리가 바로 그런 신세가 아니겠소?" 그가 말했다.

백아는 부끄러웠다. 가장 심하게 훼손된 듯싶은 거문고와 3현 비파를 샀다. 남은 돈은 푸 집사에게 돌려주었다. 소리 안 나는 현을 안간힘을 써서 연주하느라 매끄럽지 못한 나무 지판 위에서 손가락들이 끊임없이 비틀거렸다.

*

성련은 여덟 달 동안이나 백아를 부르지 않았다. 봄이었다. 백아는 홀로 외딴곳에서, 밭두렁에서, 언덕배기에서, 마을 어귀에서 연주했다. 때마침 복사꽃이 흐드러지게 피어 있었다. 꽃들은 형언할 수 없이 아름다운 분홍빛이었다. 백아는 삼을 꼬아 만든 짚신을 신고 있었다. 그곳을 지나던 성련이 그의 연주 소리를 들었다. 소리가 나는 곳 가까이 다가가서, 그에게 연주를 계속하라는 손짓을 하고, 그의 곁에 앉았다.

이윽고 백아에게 말했다. "소리가 끔찍하군! 이 악기는 버리게."

백아는 소스라쳤다. 대번에 안색이 백지장처럼 하얘졌다. 성련이 말을 이었다.

"음악은 최상의 악기에 있는 게 아니네. 그렇다고 최악의 악기에 있는 것은 더더욱 아니야. 음악에 가장 적합한 악기는 분명 감동을 주는 악기일 테지. 한데 인간을 감싸는 육신과도 같은 악기의 사용법을 우리가 모를 수도 있는 거라네."

성련은 또 이런 말도 했다.

"자네의 즉흥곡에는 감미롭고 구슬픈 뭔가가 있네만, 그것은 아직 음악이 아니야. 이 악기들은 버리게. 이 정원에서 나오게. 음악을 찾아보게나. 나와 함께 가보세!"

*

성련은 백아를 읍내로 데려갔다. 백아는 존경심이 가득한 시선으로 사부를 바라보았다. 하지만 그의 기색에 당황하지 않을 수 없었다. 느닷없이 화를 내며 그에게 입을 다물게 하더니, 나뭇가지들 사이로 지나는 바람 소리를 들었다. 그리고 눈물을 흘렸다.

그들은 허기가 졌다. 성련은 선술집으로 제자를 데려갔다. 그는 갑자기 멈춰 서서, 구운 고기나 마른 새우를 집는 나무젓가락 소리에 귀를 기울였다. 그리고 눈물을 흘렸다.

근처 골목에서 그는 제자를 기루妓樓로 데려갔다. 백아가 기녀의 다리를 들어 올려 그녀를 꿰뚫을 때 실수로 여자 발목에 손톱으로 상처를 냈다. 피 한 방울, 기녀의 짧은 비명, 바닥으로 떨어진 목침. 성련은 눈물을 흘렸다.

사부는 오작교를 건너 제자를 문인들의 모임에 데려갔다. 그들은 진탕 마셨다. 성련은 좌중을 침묵시켰다. 붓이 비단 위를 스치는 소리에 귀를 기울였다. 그리고 눈물을 흘렸다.

사부는 마을 밖에 위치한 암자로 제자를 데려갔다. 성련은 도중에 백아의 팔을 잡았다. 그리고 멈춰 섰다. 한 아이가 배를 드러낸 채, 붉은 벽돌 제방 위에서 오줌을 누고 있었다. 성련은 감정을 주체하지 못하고 흐느꼈다.

그들이 절에 당도했을 때, 한 스님이 절 밖의 마당을 비로 쓸고 있었다. 그들은 앉았고, 다섯 시간 동안이나 먼지를 쓸어내는 빗자루 소리를 들었다. 둘 다 눈물을 흘렸다. 성련이 백아에게 몸을 기울여 귓속말로 속삭였다.

"자네는 돌아갈 때가 되었네. 황실 거문고 제작자에게 가서 마음에 드는 악기를 사게. 푸 집사에게 은 4냥을 달라고 하게. 나는 내일이나 돌아간다고 전하고. 오늘은 내가 음악을 과하게 했거든. 침묵 속에서 귀를 씻어야겠어. 나는 절에 들어가겠네."

*

백아는 일단 돌아와, 오랜 흥정을 거쳐 푸 집사에게서 은 3냥을 얻어냈다. 그리고 황실 거문고 제작자의 가

게로 갔다. 현들을 맥없이 튕겨보며 오랫동안 진열장
을 뒤졌다. 딱히 마음에 드는 악기가 없었다. 불만을 품
은 채 거리로 나왔다. 성련의 집으로 돌아가는 골목길
을 거슬러 오르던 중에, 붉게 칠해진 지팡이를 짚고 내
려오는 폭삭 늙은 노인을 만났다. 그는 펠트 모자를 쓰
고, 찢어진 회색 비단 옷을 입고, 붉은색 신발을 신고
있었다. 다른 쪽 팔에는 소형 칠현금을 끼고 있었다. 백
아는 그를 알아보았다. 다가가서 두 손을 모아 인사를
드렸다.

"안녕하세요, 어르신?"

"더 크게 말하시오. 내가 귀가 어두워서 말이오."

백아는 또박또박 천천히 말했다.

"안녕하세요, 어르신?"

"누군지 전혀 기억이 안 나는구먼." 노인이 대꾸했
다. "이토록 오래 살았으니 그렇지 않겠소."

"어르신, 저는 백아라고 합니다. 세 계절 전에 어르
신 가게에서 거문고와 3현 비파를 샀잖아요. 문외한인
어린이 연습용 부류의 악기들 말이에요! 함께 찻집에
가시자고 청해도 되겠습니까?"

그들은 그렇게 했다. 탁자에 마주 앉았다. 탁자 위에

는 서너 송이 꽃에서 뜯어낸 꽃잎들이 떠 있는 차 단지
가 놓여 있었다.

"어르신, 존함을 여쭤봐도 되겠습니까?" 백아가 천
천히 물었다.

"미천한 나의 이름은 펑잉이라오." 악기 수리공이
대답했다.

"댁이 어딘가요?" 백아가 물었다.

"작업장에서 지척인데, 에서 아주 가깝지요. 풍관風
棺이오." 펑잉이 답했다.

"어르신, 악기를 수리하는 분이니 불평하시면 안 되
겠네요. 행복을 경험하실 거잖아요! 제단 앞의 수호자
시고요. 아름다움, 보존, 침묵과 음악의 가능성을 보장
하시니까요. 스스로 음악이 되실 필요도 없으시고요!"
한숨을 내쉬며 백아가 외쳤다.

"어리석은 말씀이오." 펑잉이 응수했다. "나는 행복
을 알지 못해요. 악기를 수선해도 늘 배고파 죽을 지경
이라오. 몹시 늙었고요. 삶을 견뎌온 지도 곧 만 천 년
이 된다오. 고칠 수 없는 것을 부질없이 수리해온 지가
곧 만 천 년이 된다는 거요! 사는 것처럼 번듯하게 살
지 못한 지가 곧 만 천년이 된다는 말이오. 진짜로 죽

지도 못한 지가 곧 만 천 년이 된다는 거고요! 도련님, 보다시피 나는 사자獅子였고, 어느 과부의 귓바퀴〔外耳〕였고, 오로라의 분홍빛 구름이었다오! 나는 건포도 빵이었다오. 도미였다오. 아이의 축축한 손에 쥐어진 솜털이 보송한 작은 산딸기였다오!"

"어르신." 백아가 말을 받았다. "악기를 수선하는 분이시니, 가게 안쪽 구석에 3현 비파와 거문고들을 보관하고 계신가요?"

"네, 도련님." 폭삭 늙은 노인이 답했다. "지난번에 도련님이 왔을 때 보지 못했을 악기 대여섯 점을 보관하고 있지요. 한데 내가 너무 늙어서 그것들을 도련님 댁까지 가져가지 못해요. 손이 떨려서 말이지."

"언제 어르신의 귀한 가게를 방문해도 될까요?" 백아가 물었다.

"부랴부랴 가십시다." 노인이 대답했다. "날 업고 갈 수 있겠소? 기력이 몹시 쇠해서 말이오."

백아는 그러마고 답하고 펑잉을 들쳐 업었다.

"난 너무 늙었소." 펑잉이 같은 말을 자꾸 되풀이했다. "내 이름이 뭔지도 잊었구먼!"

"존함이 펑잉이랍니다." 백아가 큰 소리로 말했다.

"풍관에 사시고요."

그러자 노인이 소리쳤다. "아이고, **바람의 관棺**이 삶의 관은 아니지! 난 아직 삶의 윤회에서 벗어나지 못했어! 이제 또 새가 되고, 모래사장의 검은 홍합이 되고, 민들레가 될 테지! 형상의 짐을 아직 내려놓지 못했거든. 그토록 공空을 갈망하건만! 내 최악의 고통이 뭔지 알고 싶소?"

백아도 소리를 질렀다. "네, 최악의 고통이 뭔지 알고 싶어요."

"내 최악의 고통은, 그건 다시 사람이 된다는 것을 아는 거라오!" 펑잉이 말했다. "별들과 내 모든 업보로 그리 정해진 것이지요. 또다시 사람이 되는 것은, 확실히, 역마驛馬가 되느니만 못한 일이오! 또다시 수백 년을 견뎌야 하는 거니까! 또 빛을 봐야 하는 거니까! 또 소리로 인해 상처받을 테니까! 또 눈에서 눈물이 흐를 테니까!"

백아는 등에 업힌 늙은 펑잉이 놀라울 정도로 가볍게 느껴졌다. 그에게 물었다.

"어르신, 사람으로 다시 태어나 살게 될 곳을 점성가가 알려줬나요? 무슨 일을 하게 된대요? 어떤 시대래요?"

펑잉은 바싹 말라붙은 하얀 손마디로 그의 머리를 톡톡 두드리며 말했다.

"장소는 크레모나,[10] 포강 근처의 촌락이지요. 시기는 17세기 로마 시대가 될 거고. 직업은, 또다시 현악기 제작자가 될 거라오."

백아가 물었다. "외모는 어떨까요?"

펑잉이 눈물을 흘리며 답했다. "가죽 앞치마를 걸쳤겠지요."

그의 손이 떨렸다. 펠트 모자를 벗더니 이렇게 말했다.

"겨울에는 챙 없는 흰 모직 모자를 쓰고 크레모네타를 가로지르는 작은 다리들을 건너게 될 거요."

"어르신, 본인의 이름은 아세요?" 큰 소리로 백아가 물었다.

노인이 붉은 신발을 신은 발을 휘저으며 말했다. "젊은이, 난 만하고도 천 살이라오. 이름은 토니오 스트라디바리우스[11]고. 더 이상 버티기가 힘드네. 난 오모보노

---

10 북부 이탈리아 롬바르디아주의 도시로 현악기의 명산지.
11 이탈리아의 현악기 제작 장인. 그가 만든 악기는 라틴어 이름인 '스트라디바리우스'라 불린다.

와 카타리나[12]의 아버지라오. 스승의 존함은 아마티[13]고. 내 친구의 이름은 과르네리우스⋯⋯."[14]

말을 하는 동안 얼굴에 눈물이 줄줄 흘러내렸다.

그가 말을 이었다. "정문 맞은편의 산도메니코 광장이 기억나는 듯하오. 황금색 빛이 만져지네요. 토라초[15]가 보여요. 대기 중의 뭔가가 올리브와 생선 풀 냄새를 풍기고 있구려!"

악기 수리공은 자신의 펠트 모자를 다시 쓰더니 양손으로 머리를 감싸 쥐었다. 신음 소리를 냈다. 코를 훌쩍였다. 콧물이 백아의 얼굴로 떨어졌다.

*

그들은 펑잉의 집에 도착했다. 백아는 노인을 내려놓고, 비파와 거문고들을 오랫동안 시연해보았다. 시연해본 두 번째 거문고는 소리가 똑똑 떨어지는 빗방울

---

12 안토니오 스트라디바리의 아들(오모보노)과 딸(카타리나).
13 이탈리아 크레모나 지역의 아마티 가문 출신의 바이올린 제작자.
14 이탈리아 크레모나 지역의 과르네리 가문 출신의 현악기 제작자.
15 이탈리아 크레모나 대성당의 종탑.

처럼 유별나게 또렷했다. 네 번째 비파는 확실히 아주 취약한 악기였는데, 소리만은 한없이 구슬프고 섬세했다. 한 줄은 고음으로 공명에 인색했고, 다른 한 줄은 분명 인간의 것이 아닌 감미로운 소리를 냈다. 마지막 줄은 매우 둔탁한 저음으로 음폭이 넓으면서 조신한 것이 마치 아름다운 제 알몸을 가리느라 연신 외투와 치마를 여미는 것처럼 느껴졌다.

*

성련은 계명호鷄鳴湖 부근을 산책하며 수박씨를 먹었다. 이 호수에서는 해마다 수만 부아소[16]의 마름이 생산되었다. 어선들이 해안을 오갔다. 백아가 펑잉의 가게에서 골라온 악기들을 사부에게 보여주려고 넉 달 후에 온 곳이 바로 여기였다. 그들은 정박된 파란색 배가 마주 보이는 대나무 정원에 앉았다. 백아는 스승 앞에서 짧은 곡을 연주했다.

"악기가 훌륭하군." 성련이 말했다.

16 곡물을 재는 옛 용량 단위로 약 13리터.

백아의 안색이 창백해졌다.

"……손가락들, 귀, 몸, 정신, 모두 정확하군." 성련이 또 말했다.

백아의 안색은 맞은편 대나무 울타리 뒤편에 정박된 어선처럼 파랗게 변했다.

"음악을 찾는 일만 남았구나!" 성련이 결론지었다.

백아는 순수 상태의 비탄이 두개골로 몰려드는 느낌이 들었다. 가슴속에서 심장이 고통으로 꽉 죄어드는 것만 같았다. 성련이 그에게 일어나라고 했다.

"나는 더 이상 자네에게 가르칠 것이 없네." 그가 말했다. "자네 감정은 충분히 농축되지 못했어. 호수의 물결이 어부의 파란 배를 제멋대로 부리듯이 자네는 감정을 부리지 못하고 있다는 말일세. 나 성련은 이제 자네를 가르칠 수 없네. 내 스승의 존함이 方(방)자 子(자)자 春(춘)자인데, 동해에 살고 계시지. 그분만이 인간의 귀에 감동이 생겨나게 할 수 있다네."

*

백아와 성련은 11월을 기다렸다. 이윽고 때가 되어 그들은 동해를 향해 떠났다. 12주 동안 줄곧 걸었다. 봉래산[17] 기슭에 도착하자 성련이 백아에게 말했다.

"자네는 여기 있게. 내가 스승님을 찾아뵈러 가겠네."

말을 마치고, 그는 장대로 배를 밀며 떠났다. 열흘이 지나도 여전히 돌아오지 않았다. 백아는 허기와 외로움, 두려움에 시달리며 주변을 둘러보았다. 아무도 없었다. 단지 모래사장으로 밀려드는 바닷물 소리와 새들의 구슬픈 울음소리만 들렸다. 그러자 몸이 많이 쇠약해졌음을 느꼈다. 한숨을 내쉬며 말했다. "이것이 내스승의 스승께서 주시는 가르침이로구나!" 그는 비파를 켜며 노래를 부르기 시작했고, 조용히 눈물을 흘렸다. 노랫소리가 입술에서 잦아들 무렵 성련의 모습이 슬며시 물 위에 나타났다. 백아는 성련이 장대로 미는 배에 올라탔다. 백아는 세상에서 가장 위대한 음악가가 되었다.

---

17 중국 전설의 삼신산 중의 하나. 다른 두 산은 영주산과 방장산이다.

기악의 기원으로서의 변성mue과
변성mue으로 인한 탈태mue로서의 제2의 출생

비교적 초기(1987)에 나온 이 책은 (아마도 그렇기 때문에) 이후에 펼쳐지는 작품 세계의 스케치와도 같다. 즉 작가가 거의 강박에 가까울 정도로 일관되게 관심을 기울이는, 하지만 아직은 선명한 색깔이 칠해지지 않은 사고思考의 밑그림을 알아볼 수 있다는 말이다.

우선 큰 줄기로는 음악을 영혼으로 문학을 육신으로 지닌 작가의 '음악(기악)과 글'에 대한 개괄적 생각과 지향점(존재의 변환을 이루는 재-탄생re-naissance, 즉 '제2의 출생')이 나타나 있다는 점에서 그러하고, 지엽적으로는 이 작품이 무려 26년의 시차를 두고 태어나는 이란성 쌍둥이와 같은 두 권의 책《세상의 모든 아침》(1991)과《우리가 사랑했던 정원에서》(2017)를 배태했던 모체라는 점에서 그러하다.

하지만 이러한 모태적 성격의 중요성에도 불구하고 이 책은 지금까지 그에 합당한 조명을 받지 못하고 있다. 아마도 이 작품에서 태어난 자식인 《세상의 모든 아침》이 출간 즉시 동명의 영화[1]로 제작되어 세계적으로 대성공을 거두면서 어머니의 존재가 자식의 그늘에 가려졌거나, 혹은 키냐르를 비추는 조명이 대부분 1996년[2] 이후 작품들에 편향되어 있기 때문이 아닐까 짐작해볼 뿐이다.

요컨대 키냐르를 더 잘 이해하고 싶은 독자나 연구자라면 이 책은 (필히) 읽어볼 가치가 충분하다고 생각한다.

*

이 작품은 세 개의 에피소드로 구성되어 있다.

---

1 1991년 작으로 알랭 코르노Alain Corneau가 감독하고 제라르 드파르디외 Gérard Depardieu가 마랭 마레 역을 맡았다.
2 급성 폐출혈로 키냐르가 죽음의 문턱에서 귀환한 해이다. 이 경험으로 그의 삶과 글쓰기에는 변환의 한 획이 굵게 그어진다. 1996년을 분수령으로 그의 작품세계는 '이전'과 '이후'로 나뉘고, 세간의 관심은 대체로 '이후'에 쏠리게 된다.

첫 번째 에피소드(E1으로 약칭): 18세기 비올 작곡가이자 연주자인 마랭 마레의 삶의 단편을 통한 음악에 대한 담론이 철학적 에세이 형식으로 전개된다. 이 책의 절반 이상을 차지하는 이 에피소드는 '기악과 기악곡의 발명이 남성의 변성에서 기인되었다'는 논거에 할애된다.

남자들은 여자들과 달리 사춘기(12~14세)에 이르러 어린아이의 목소리를 잃는다. 녹슨 니팔 소리처럼 목소리가 변한 그들 앞에 두 가지 가능성이 주어진다. ①거세ー카스트라토가 되어 어린아이 목소리를 유지하기, ②음악(기악)ー변성 자체의 '재-허물 벗기'로 작곡가가 되거나 악기 연주자가 되기. (34~35쪽)

마랭 마레는 두 번째 가능성을 자신의 소명으로 받아들인다. 적어도 몸으로는 불가능한 저음에서 고음으로의 변환을 비올(속이 파인 나무 상자로 인간의 몸을 대체한)을 사용하여 이룰 뿐 아니라, 연주 기량을 극도로 벼려서 인간 목소리의 한계마저 넘어선다. 즉 변성이라는 불행한 사건을 기악과 기악곡의 발명 및 연주 기량으로 극복하고 나아가 진일보한다.

두 번째 에피소드(E2로 약칭): E1의 논거를 뒷받침하는 논증으로 핵심 단어인 'mue(변성)'의 어원 탐색이 역시 철학적 에세이 형식으로 전개된다. 우리는 고대 그리스의 아테네로 타임슬립하여 아리스토텔레스의 안내로 '비극의 탄생'과 비극이 상연되는 무대 주변을 살핀다.

탐색에 앞서 'mue'가 매우 함축적인 단어라는 사실을 염두에 둘 필요가 있다. 여기서는 주로 (목소리의) 변성의 의미로 쓰이지만, (뱀의) 허물 벗기, (사슴의) 뿔갈이, (짐승의) 털갈이, 탈피脫皮, 탈태脫態, 변환······ 등의 뜻으로도 쓰이기 때문이다.

다시 '변성'으로 돌아와서, 그것은 고음의 목소리가 갑자기 낮고 쉰 듯한 '매애매애 우는 숫염소의 걸걸한 소리'로 변하게 되는 현상으로, 남성에게만 일어나는 비극적 사건이다. 남성의 비극적 사건인 'mue'의 어원을 고대 그리스인들이 창안한 비극이 상연되는 현장에서 탐색하려는 작가의 의도는 그러므로 타당해 보인다. 더구나 비극을 뜻하는 프랑스어 tragédie에 해당하는 그리스어 *tragôdía*가 축어적으로 '염소의 노래'를 의미하지 않는가. 또한 비극이 상연되는 무대에서 가면(변성처럼 목소리를 변형시킨다)을 쓰고 연기하는 배우들은 당시에 *skèné*라 부르는 나무 오두막에서 가면을 바꾸거나 의상을 갈아입었다. 나무 오두막이 바로 '허물 벗기 mue'의 장소였던 것이다.

> 당시에 *skèné*는 가면을 바꾸거나 의상을 갈아입는 나무 오두막을 가리켰다. 그곳은 허물 벗기mue의 장소이다. (88쪽)

나는 위의 문장에서 작가의 의도가 드러나는 '허물 벗기'에 방점을 찍으며 읽는다. 이 나무 오두막은 생트 콜롱브가 뽕나무 위에 지은 오두막이고, 비올 악기가 공명하는 울림통이며, 태아를 품은 어머니의 배[腹]이기도 하다. 다름 아닌 출산의 현장이다. 고음의 목소리를 영원히 잃은 남성이 변성mue의 불운(비극)에 맞서 (현)악기를 발명하고, 기악의 작곡자나 연주자로 존재의 변환mue을 이루는 곳이다. 그것은 비자발적인 제1의 출생이 아니라 오로지 자신의 의지와 능력으로 탈태mue하는 자발적인 제2의 출생이다.

고치를 뚫고 변태mue하여 날아오르는 나비는 얼마나 아름다운가!

세 번째 에피소드(E3로 약칭): 고대 중국의 거문고 대가인 백아와 관련된 고사古事에서 영감을 받아 키냐르가 다시 꾸며낸 한 편의 흥미로운 설화이다.

작가는 우리에게 백아가 "세상에서 가장 위대한 음악가"(128쪽)로 태어나는 우여곡절을 들려주면서 음악 수업의 한계(음악에 생명을 불어넣는 일은 배워질 수 없는 것으로 스스로 터득해야 한다)와 음악의 본질인 소리와 침묵(삶의 소리와 고요한 장면)의 문제, 그리고 음악의 기능(시간의 흐름을 길들이는 방식)에 대해 피력한다.

*

키냐르의 한 연구자는 이 책의 제목에 걸맞은 '음악 수업'이 실제로는 '성련의 마지막 수업'이라는 소제목이 달린 E3에만 나올 뿐이라고 주장한다.[3] 나는 동의하지 않는다.

'음악 수업'은 실제로 두 층위에서 진행된다. '작가와 독자' 간에 기악의 기원과 음악의 본질 및 기능에 관한

3 Marion Coste, "La leçon de musique", *Dictionnaire sauvage Pascal Quignard*, Hermann, 2016, pp. 315~318.

134

논의가 이루어지는 층위, 그리고 '스승과 제자' 간에 연주 기량이 구체적으로 전수되는 층위가 그것이다. 위 연구자의 주장은 두 번째 층위의 레슨에 국한된 것으로 보인다. 그렇다 할지라도 E3의 성련과 백아의 경우와 마찬가지로 E1에서도 생트콜롱브와 마랭 마레 사이에 음악 수업이 동일하게 이루어진다고 나는 생각한다. 두 스승의 수업 방식뿐 아니라 스승에게 쫓겨난 두 제자의 이후 행보(소위 '비르투오즈'가 되는 방식)도 동일하다.

스승은 어느 시기에 이르면(생트콜롱브의 경우 6개월, 성련의 경우 3년) 제자를 매몰차게 내쳐버린다. 마레의 스승인 생트콜롱브는 "6개월이 지나자 **제자**가 자신을 능가할 수 있다는 것을 알아챈 **스승**은 그에게 더 이상 가르칠 게 없노라고"(23쪽)말하며 제자를 쫓아내고, 백아의 사부도 "더 이상 자네에게 가르칠 것이 없네"(127쪽)라고 말하며 제자를 자신의 스승에게 데려간다는 명목으로 동해 봉래산 기슭에 유기한다.

그런데 스승은 대체 무엇을 가르치고 무엇을 가르칠 수 없는가? 혹은 제자는 무엇을 배우고 무엇을 배울 수 없는가? 가르침과 배움, 즉 음악 수업으로 전수 가능한 것은 '음악의 기술(기교)'이고, 전수 불가능한 것은 '음악을 찾는 일'(127쪽), 즉 곡에 영혼을 불어넣는 일이다. 후자는 스승이 개입할 수 없는 영역이다. 제자가 스스로 깨달음을 통해 터득해야 한다. 그것은 홀로 가야 하는 지난하고 외로운 길이다. 생트콜롱브가 마레를, 성련이 백아를 쫓아내어 '홀로 가는 길'로 몰아넣는 까닭은 그러한 연유에서다.

그런데도 마레는 여전히 스승의 지식을 더 전수받고 싶은 욕심에 사로잡혀 있다. 그래서 스승이 느긋하게 연주를 즐기는 뽕나무 가지 위에 판자로 지은 오두막 밑으로 몰래 숨어든다. 오두막은 이미 나무로 만든 악기이며, 어머니의 배와 다르지 않다. 그 밑으로 들어가 태아처럼 몸을 웅크린 자세로 마레는 판자에 귀를 바싹 대고 스승의 연주를 엿듣는다.

마랭 마레는 칸막이, 즉 울림 판자 뒤편에서 엿듣는다. 판자로 지어진 오두막은 이미 악기이다. 판자에 귀를 바싹 대고 몸을 웅크린 주인공, 도둑 음악가는 훨씬 옛날의 자세를 반복한다. 잉태였던 이 장면은 출산으로 바뀐다. (28쪽)

매혹적이고 감동적인 이 문장은 마레가 비르투오조로 태어나는 장면을 묘사하고 있다. 키냐르가 '제2의 출생'(35쪽)이라고 말하는 황홀한 출산의 순간.

백아의 경우는 스승이 제자를 자신의 스승에게 데려간다. 스승의 스승 이름은 방자춘, 때는 11월, 장소는 동해의 봉래산 기슭으로 백아가 '혼자 가야 하는 길'의 길목이다. 성련은 백아에게 "자네는 여기 있게. 내가 스승님을 찾아뵈러 가겠네"라고 말하며 장대로 배를 밀며 떠난다. 백아는 바닷가에 홀로 남겨진다.

열흘이 지나도 여전히 돌아오지 않았다. 백아는 허기와 외로움, 두려움에 시달리며 주변을 둘러보았다. 아무도 없었다. 단지 모래사장으로 밀려드는 바닷물 소리와 새들의 구슬픈 울음소리만 들렸다. 그러자 몸이 많이 쇠약해졌음을 느꼈다. 한숨을 내쉬며 말했다. "이것이 내 스승의 스승께서 주시는 가르침이로구나!" 그는 비파를 켜며 노래를 부르기 시작했고, 조용히 눈물을 흘렸다. 노랫소리가 입술에서 잦아들 무렵 성련의 모습이 슬며시 물 위에 나타났다. 백아는 성련이 장대로

미는 배에 올라탔다. 백아는 세상에서 가장 위대
한 음악가가 되었다. (128쪽)

　스승의 스승인 방자춘의 모습은 어디에도 보이지 않
는다. 문득 의아해진다. 성련은 왜 자기 혼자 방자춘을
만나러 가는가? 왜 혼자 돌아오는가? 그를 만나기는
한 것인가? 백아는 스승의 스승을 만나지도 못했는데
어떻게 '세상에서 가장 위대한 음악가'가 되었는가? 아
무튼 어딘가 아귀가 맞지 않는다는 느낌이 든다. 이러
한 일련의 질문은 키냐르가 방자춘을 백아나 성련처럼
실재 인물로 여겼기 때문에(105쪽) 생겨나는 것들이다.
　그런데 백아와 관련된 중국 고사古事는 '방자춘은 바
로 대자연'이라고 말하고 있다. 고사에 따르면 성련은
백아를 봉래산 기슭의 바닷가에 버려두고 아주 떠난다
(키냐르 버전에서는 다시 돌아온다), 웅장하고 아름다운
경치 속에 홀로 남은 백아는 주야晝夜로 거문고를 타며
대자연과 '천일합일天一合一'의 경지를 경험한다. 연주
기량은 날로 늘어 고수의 경지에 이르고, 그는 마침내
방자춘이라는 분이 (특정 인물이 아닌) 대자연임을 깨닫
는다. 그가 돈각頓覺에 이르는 순간 그는 '제2의 출생'을

이루어 '세상에서 가장 위대한 음악가'로 태어난다.

*

이 책을 번역하면서 나는 예상하지 못한 두 가지 난관에 부딪혔다.

하나는 E1의 이해에 필수적인 음악에 대한 전문 지식이었고, 다른 하나는 E3에 프랑스어로 표기된 중국어 고유명사(인명, 책의 제목)와 보통명사(악기의 명칭, 호칭)의 중국어 표기를 찾아내서 다시 우리말로 옮기는 일이었다. 막막하고 곤혹스러웠다. 마치 아무리 두드려도 열리지 않는 문 앞에 선 것처럼 답답하고 외로웠다. 그러던 차에 천만다행으로 이 분야 전문가의 도움을 받을 수 있었다.

프랑스 엑상프로방스 대학 음악학과의 장마리 자코노Jean-Marie Jacono 교수와 서울여자대학교 중문과의 김신주 교수, 이 두 분께 머리 숙여 감사드린다.

작가 연보

1948 4월 23일 프랑스 노르망디의 베르뇌유쉬르아브르(외르)에서 출생했다. 음악가 집안의 아버지와 언어학자 집안의 어머니 사이에서 태어나 자연스럽게 여러 언어(프랑스어, 독일어, 영어, 라틴어, 그리스어)를 습득하고, 여러 악기(피아노, 오르간, 비올라, 바이올린, 첼로)를 익히면서 자라났다.

1949 어린 키냐르(18개월 무렵)는 여러 언어를 사용하는 집안 분위기로 인한 혼란 때문에 자폐증 증세를 보이며 언어 습득과 음식물 섭취를 거부한다.

1950 이 기간을 르아브르에서 보낸다. 형제자매들과 전혀 어울
~58   지 못하고 늘 외따로 지내기를 즐긴다.

1965 다시 한번 자폐증을 앓는다. 이를 계기로 작가로서의 소명을 깨닫는다.

1966 세브르 고등학교를 거쳐 낭테르 대학교에 진학한다. 레비나스의 지도 아래 '앙리 베르그송의 사상에 나타난 언어의 위상'이라는 제목의 논문을 계획하지만, 68혁명을 거치면서 대학교수가 되려는 꿈을 접고 논문을 포기한다.

1968 가업인 파이프오르간 주자가 되기로 마음먹는다. 아침에는

오르간을 연주하고 오후에는 모리스 세브의 〈델리Délie〉에 관한 에세이를 쓴다. 원고를 갈리마르 출판사에 보내자 키 냐르가 존경하는 작가 루이-르네데포레가 답장을 보내온 다. 그의 소개로 잡지《레페메르L'Éphémère》에 참여한다.

1969 결혼을 하고, 뱅센 대학교와 사회과학연구원EHESS에서 잠 시 고대 프랑스어를 가르치며 첫 작품《말더듬는 존재L'Être du balbutiement》를 출간한다.

1976 갈리마르 출판사에서 편집자, 원고 심사위원 일을 맡는다. (1989년에는 출간 도서 선정 심의위원으로 임명되고, 1990년 에는 출판 실무책임사로 승진하여 1994년까지 업무를 계속 한다.)

1980 《카루스Carus》로 '비평가 상'을 수상한다.

1985 《소론집Petits Traités》으로 '문인협회 특별상'을 수상한다.

1986 파리 스콜라 칸토룸(예술 전공자를 위한 사립 고등교육기
~90   관)에서 첼로를 학습한다.

1987 《뷔르템베르크의 살롱Le Salon du Wurtemberg》으로 벨리에에 서 '주목할 만한 작품상'을 수상한다.

1990 《소론집》의 완성본(8권)이 출간된다.

1987 '베르사유 바로크 음악센터'의 임원으로 활동한다.
~92

1991 작품 전반에 대해 '프랑스 언어상'을 수상한다. 소설《세상 의 모든 아침Tous les matins du monde》을 출간하고, 직접 시나리 오로 각색하여 알랭 코르노 감독과 함께 영화로 만든다. 소 설과 영화 모두 대성공을 거둔다. 마리-프랑수아즈 오베리

데 Marie-Françoise Oberrieder와 이혼하고 이후 출판계 편집자
이며 시청각 영화제작 프로듀서로 활동하는 마르틴 사아다
Martine Saada와 동거한다.

1992 조르디 사발과 더불어 '콩세르 데 나시옹Concert des Nations'을
주재한다. 미테랑 전 대통령과 함께 '베르사유 바로크 페스
티벌'을 창설하지만 1년밖에 지속하지 못한다.

1994 집필에만 열중하기 위해 일체의 모든 공직에서 사임하고
세상의 여백으로 물러나 은둔자가 된다.

1996 갑작스러운 폐출혈로 응급실에 실려 갔다가 죽음의 문턱에
서 가까스로 귀환한다. 이 경험을 전환점으로 그의 글쓰기
가 크게 변화한다. 건강이 회복되자 일본과 중국을 여행한
다. 특히 장자의 고향인 허난성 방문의 기억과 도가 사상의
영향이 집필 중이던 《은밀한 생Vie secrète》에 반영된다.

1998 새로운 글쓰기의 첫 결과물인 《은밀한 생》이 출간되고, '문
인협회 춘계 대상'을 받는다.

2000 《로마의 테라스Terrasse à Rome》가 출간되고, 이 소설로 '아카
데미 프랑세즈 소설 대상'과 '모나코의 피에르 국왕상'을 동
시에 수상한다. 이후 1년 6개월간 심한 쇠약 증세에 시달리
면서, 연작으로 기획된 '마지막 왕국Dernier royaume' 시리즈의
집필에 들어간다.

2001 부친이 별세한다. 아버지에게서 물려받은 성姓(사회에 편입
된 존재의 표지)으로 인한 부담과 아버지의 기대 어린 시선
에서 벗어나 자유로워졌다고 느낀다.

2002 '마지막 왕국' 시리즈의 제1·2·3권에 해당하는 《떠도는 그림

자들Les Ombres errantes》, 《옛날에 대하여Sur le Jadis》, 《심연들 Abîmes》을 동시에 출간하고, '공쿠르 상'을 수상한다.

2004 7월 10~17일까지 스리지라살Cerisy-la salle에서 키냐르에 관한 첫 번째 국제학술회의가 개최된다.

2006 《빌라 아말리아Villa Amalia》로 '장 지오노 상'을 수상한다.

2008 《빌라 아말리아》가 영화(브누아 자코 감독)로 만들어져 개봉되지만 흥행에 실패한다.

2014 7월 9~16일까지 스리지라살에서 10년 만에 키냐르에 관한 두 번째 국제학술회의가 열린다.

2017 《눈물들Les Larmes》로 '앙드레 지드 상'을 수상한다.

2018 《우리가 사랑했던 정원에서Dans ce jardin qu'on aimait》로 도빌 시의 '책과 음악상'을 수상한다.

2016 ~18 3년간 순회공연을 한다. '어둠 속의 강변La rive dans le noir'이라는 제목으로 한 시간 남짓 아름다운 여성과 늙은 까마귀, 올빼미와 함께 작가 자신이 무대에 오른다.

2023 전 작품을 대상으로 하는 국제 문학상 '포르멘토 상'과 프랑스 문학상 '국립도서관 상'을 받는다.

2025 1월 '여성적 글쓰기'에 해당하는 소설 《숨겨진 보물Trésor caché》이 출간된다. 작가는 '남성적 글쓰기'에 속하는 '마지막 왕국' 시리즈의 작품들(철학적 에세이)을 집필하다 지치면 '여성적 글쓰기'로 영혼의 휴식을 취한다고 말한다. 현재도 지속적으로 두 계열의 작품들을 엇갈려가며 집필 중이다.

음악 수업

초판 1쇄 발행 · 2025년 2월 26일

지은이 · 파스칼 키냐르
옮긴이 · 송의경

펴낸곳 · ㈜안온북스
펴낸이 · 서효인·이정미
출판등록 · 2021년 1월 5일 제2021-000003호
주소 · 서울시 마포구 월드컵로14길 28 301호
전화 · 02-6941-1856(7)
홈페이지 · www.anonbooks.net
인스타그램 · @anonbooks_publishing
디자인 · 동신사
제작 · 제이오

ISBN · 979-11-92638-56-0 (03860)

*

*

인쇄, 제작 및 유통 과정에서의 파본 도서는
구입처에서 교환해드립니다.